教養と道楽の間《はざま》

世古一穂
せこ・かずほ

唯学書房

はじめに

私が生まれて育ったまち、京都には通りの数え歌がある。

この本は、私という人間が好き勝手にやってきた道楽というか、やってきたことのあれこれを十二条にわたって思い出し思い出して書き綴ったものである。

書いている間京都の通りの名前の数え歌が、ずっと頭の中を回っていた。

京都市内の東西の通りと南北の通りにそれぞれの歌がある。さまざまなパターンの歌詞があるが、代表的なものと歌われている通りについてご紹介したい。

◉京都の通り名の数え歌

東西の歌「まるたけえびす（丸竹夷）」の歌詞

まるたけえびすにおしおいけ（丸・竹・夷・二・押・御池）
あねさんろっかくたこにしき（姉・三・六角・蛸・錦）
しあやぶったかまつまんごじょう（四・綾・仏・高・松・万・五条）
せきだちゃらちゃらうおのたな（雪駄・魚棚）
ろくじょうさんてつとおりすぎ（六条・三哲）
ひっちょうこえればはちくじょう（七条・八・九条）
じゅうじょうとうじでとどめさす（十条）

この歌では、丸太町通、竹屋町通、夷川通、二条通、押小路通、御池通、姉小路通、三条通、六角通、蛸薬師通、錦小路通、四条通、綾小路通、仏光寺通、高辻通、松原通、万寿寺通、五条通、雪駄屋町通、魚棚通、六条通、三哲通、七条通、八条通、九条通、十条通と、京都中心部の東西の通りが北から南へと順に挙げられている。「ちゃらちゃら」の部分が鍵や銭の音を表しており、銭屋町通（的場通）、鍵屋町通を表しているとも言われている。雪駄屋町通は楊梅通、三哲通は塩小路通とも呼ぶ。魚棚通は現在存在せず、六条通の昔の呼び名という説もある。

幼いころから好奇心が強く、なんでもやってみたい性格だった。いろんなことを自由にやらしてもらったのはありがたかった。

本書にあげた古式泳法や俳句や仮名文字や茶道、いずれも京都に生まれて育ったからというメリットをいかしたものだ。

通り名の東西の数え歌を横軸にそれらの私の原体験を書いてみた。

宮大工のこと、山のこと、発酵食品のこと、日本酒のこと、温泉のことなどは大人になってから興味を持ち、深くはまった事柄だ。はまった以上はとことんやるのが性分で、たとえば日本酒については『挑戦する酒蔵』『日本酒、米作りから始める』という二冊の本を上梓したほどだ。プロの世界に素人ならではの視点で切り込み、酒蔵をみ、ときには酒造りを体験させてもらい、酒蔵の蔵元さんや杜氏さんたちと語り合うのはとても楽しくためになる体験だった。それらを本にまとめて出せたのも、幸運だった。

◉道楽とは

道楽には大きく分けて二つの意味がある。

一　仏教用語としての意味

本来、道楽は仏教用語で、仏道修行によって得た悟りの喜びを意味する。法悦の境地とも呼ばれる。

二　一般的な意味

一般的には、以下の二つの意味がある。

本業以外のことに熱中して楽しむこと。酒色や博打などの遊興にふけること。

あとの意味は、特にだらしがない人に対して悪い意味で用いられることが多い。

道楽は、趣味や娯楽に熱中しすぎて本業を疎かにしたり、身を持ち崩したりするような行為を指す場合もある。

また、道楽は「好事家」や「粋狂者」などとも言い換えられる。

うーむ、私は仏教用語のほうに近いなあ。

道楽の語源は、仏教用語としての意味に由来する。仏教では、悟りの境地を「道」と呼び、その喜びを「楽」と表現するとある。法悦の境地である。

そこまでいかないが、めざす方向はそこらあたりかもしれない。楽しみを追求するために、勉強したり体験する。するとまた疑問が出てきて勉強したり体験する。この輪廻が楽しい。

勉強や体験の過程でできてくるものを、教養と言ってもいいのではないだろうか?

京都の町の通りの数え歌が頭の中でリフレインしてくる。

この本はご興味のあるどの章から読んでくださってもかまいません。

目次

教養と道楽の間（はざま）

世古一穂

一　町から豆腐屋が消えてゆく

中学生くらいまで京都の町中の実家あたりでは、ラッパを鳴らしながら引き売りの豆腐屋さんが、回ってきていた。

二つ歳下の妹と、鍋を持って豆腐を買いにいくのが日課だった。引き売りの豆腐屋さんが遅いときは、角を曲がった近所の豆腐屋さんに、やはり鍋を持って豆腐二丁とお揚げさん一枚を買いに行った。

豆腐屋のおじさんが、「お使い、えらいねー」と、おからをくれたりして、それに母が人参やゴボウの〝炊（た）いたん〟を入れて、卯の花というおかずにしてくれたものだ。

昔は辻々にあった豆腐屋がなくなって、今はスーパーの充塡豆腐か、高級な豆腐店の手づくりなんたらしかなくなってしまった。

あの、普通の豆腐はもう戻ってこない……。

◉豆腐とは

豆腐とは、大豆を原料として作られる日本の伝統的な食品だ。豆腐は、大豆から抽出された豆乳ににがりという凝固剤を加えて、固めて作られる、タンパク質豊富な食品。白い固形のブロック状で売られていて、さまざまな料理に使えるすぐれものだ。

豆腐は、日本だけでなくアジア各地で広く作られ、食べられており、ヘルシーで栄養価の高い食品として知られている。タンパク質のほかに、カルシウム、鉄、ビタミン類などが豊富に含まれていて、身体にとても良いのだ。

豆腐はまた、多くの料理に用いられるため、日本の食文化に欠かせない食材の一つだ。原料は、基本的には大豆とにがり（凝固剤）だけ。一晩水にさらした大豆を砕いて煮たら、木綿豆腐は木綿の布を敷いた容器でこして絞る。このとき絞った液体が豆乳で、布に残ったものが「おから」だ。

一口に豆腐と言っても三つの種類がある。

【豆腐の種類、製法、栄養面の特徴】

	特徴	製法	栄養面の特徴
木綿豆腐	かための食感で少しざらざらしており、濃厚な味わいが特徴。水分が抜けており、崩れにくく味がしみやすいので、煮る・焼くなどの調理法にも適している	凝固剤で固めた豆乳を崩した後、型に入れて押し固めて水を切る	重さあたりの栄養価が高め
絹ごし豆腐	絹のようになめらかな食感で、冷や奴や湯豆腐などに向いている。味も控えめでくせがなく、繊細な味付けから濃い味付けまで、さまざまな味付けにマッチしやすい	型の中で豆乳と凝固剤を混ぜて、静置して固める	水分が多く重さあたりの栄養価は、もめん豆腐より低い
高野豆腐	スポンジ状になっていて、水や湯で戻して使用する乾物。近年ではより手軽に使えるタイプも売られている。だし汁などを吸わせて調理するとジューシーな食感になる。普通の豆腐とは一風変わった味や食感が楽しめる	凍らせた豆腐をさらに乾燥させる	サポニンが多い。糖質が特に少ないほか、ビタミンB群の一部が消失

いずれの豆腐も主原料は大豆であるため、栄養価は似通っている。そして種類により多少の違いはある。

木綿豆腐、絹ごし豆腐、高野豆腐の三種類について、①豆腐の種類、②製法、③栄養面の特徴を簡単にまとめた。

◉豆腐は栄養豊富

豆腐には、主に大豆に由来するさまざまな栄養素が含まれている。

良質な植物性のタンパク質が豊富。一方、糖質や脂質は少ない健康的な食品だ。カルシウムやイソフラボンも含まれ、骨粗しょう症予防にも役立つなどの効能もある。豆腐の種類に応じて食べ方やレシピを工夫すると、栄養豊富な豆腐は、食べ飽きることなく食卓に取り入れられる。

◉静岡県の豆腐屋さんに話を訊く

浜松市天竜区二俣町二俣にある豆腐屋「ヤマチョウとうふ」。閑静な住宅街に位置するこの店は、どこか懐かしい風情の古びたガラガラと音のするシャッターが印象的だ。「ヤマチョウ」と大きく書かれたシャッターをくぐり店に入る。目に飛び込んでくるのは、年季の入った機器が並ぶ作業場と、きれいに積み上げられたトレイ。その側面には「長尾豆腐店」と書いてある。

「昔は『長尾豆腐店』って名前だったんだよ。会社になったときに、長尾の〝長〟に山をかぶせて〝ヤマチョウ〟になった」。名称の違いを不思議に思った私に教えてくれたのは、代表の長尾吉正さん。

今も昔も、変わらぬ味を守り続けている職人だ。

◉早朝の仕事始め

仕込みは何時頃から始めるのかと、安直な質問をすると、長尾さんは「朝の四時半頃から」と苦笑いして答えてくれた。

豆腐屋の朝は早い。朝一番にまず、普通の豆腐と油揚げ用のタネを作る。聞けば、一般的な食べ物作りの仕事に比べて、豆腐は、好きなようにやれるから面白く続けられるという。

「豆腐作りは見て覚えた」と、長尾さん。配達が七時半過ぎだから、間に固める時間を長くとっているとのこと。当時の様子を教えてくれた。豆腐は自分と息子それぞれに合わせて、材料の配合も変えられる。「この豆腐屋は自分で三代目になる。作業自体は昔から変わらないけどね、自分と子供と従業員でこしらえてる」。

もともとは義理の祖父が浜松市中区の方で、手作りでやっていたというが、時がたつにつれ段々と機械が入ったりして、製造方法も変わってきた。しかし基本のところは変わらない。

豆腐屋では豆腐のほかに、油揚げ、生揚げ（厚揚げ）なども作る。豆腐を作るには、原料の大豆を前日にきれいに洗い、八〜一〇時間ほど水につけておく。翌朝、水を吸って二〜三倍の大きさにふくれた大豆を、水を加えながら豆摺機（まめすりき）（グラインダー）で摺り、ペースト状の生呉（なまご）にする。この生呉を十分煮込み、絞り機で絞ると豆乳とおからに分かれる。

次に、豆乳の濃度と温度で凝固剤の「にがり」の量を判断して加え、機械または手作業で攪拌する。特に「絹ごし」の場合、攪拌には細心の注意が求められ、豆腐のできばえを大きく左右する。「木綿」では固めてから一五分ほど熟成させた寄せ豆腐を、穴のあいた型箱に盛り込み、二〇～三〇キロの重石をのせて三〇分ほどプレスする。最後に、成形された豆腐を、冷水を張った水槽に移し、一丁ずつに切り分けて冷やす。

油揚げは、豆腐とは別の工程で仕込みを行い、生地を作る。油揚げ生地は、薄く切って簾(すだれ)に並べてプレスし、一時間ほどかけて完全に水切りをした後、低温の油槽に入れて生地を十分にふくらませ、それを高温の油槽に移してカリッときつね色に揚げる。生揚げは、豆腐の水分を十分に切った生地を二百度の高温で一気に一回で揚げる。できあがった豆腐や油揚げ、生揚げは包装して店頭で販売するか、卸し先に配達する。

ヤマチョウでは、引き売りはほとんどしなかったという。

「油揚げ用のタネなんかは、九時間以上かかる。豆腐屋の仕事はきつい」。腰をたたく仕草をしながら嘆く。ただ、嫌だと思ったことはないと笑顔で語る。

豆腐作りは想像以上に重労働だ。納得のいく豆腐を作るために、丁寧な仕事を心がけている。こんなふうにして、ヤマチョウは地域の皆に愛される。

現在はほとんど見られないが、かつて豆腐は自転車にリヤカーをつけて、ラッパを吹きながら引き売りされていた。明治初期に乗合馬車や鉄道馬車の御者が危険防止のために鳴らしていたものを、ある豆腐屋が、そのラッパの音が「とうーふ」に聞こえることに気づいて、ラッパを吹きながら売り歩くことを始めたのだそうだ。

*

小さい頃、引き売りの豆腐屋さんにたのみこんで、ラッパを吹かせてもらったことがある。引き売りの手伝いだ。

まちの豆腐屋さんは次々と姿を消している。商店街の中はビルが建ち並び、豆腐はスーパーで買うものになってしまった。

今住んでいる国分寺に私のお気に入りの豆腐屋さんがあった。そのお店も少し前に閉めてしまい、市内に、豆腐屋は一軒もなくなった。地下水で作っていた美味しい豆腐が食べられなくなった。はい、一丁ですね、と板の上に豆腐をのせて、一丁分切り出してくれる豆腐屋さんの姿はもう見ることはできなくなった。「とうーふ、とうーふ」のラッパの音が懐かしい。

二　最後の宮大工

宮大工（みやだいく）とは、神社仏閣の建築や補修に携わる大工のことである。世界遺産、国宝や文化財の建造物はもとより、その他文化的に貴重な建物の建築や補修などにも携わることから、建築学はもとより、時には宗教学や史学など非常に幅広い知識や高度な技術を必要とする大工職である。

かつては「渡り大工」とも呼ばれ、何年も家を離れ、社寺のある地に居住して、材料や技法を検討しながら仕事を進めていた。技術や技法は徒弟制度で師匠から弟子へと口伝（くでん）で継承されることがほとんどだった。

現代では宮大工が廃れるのを防ごうと大林組や竹中工務店など、大手建設会社が元宮大工を雇用して、研修と実地教育を併用することで後継者の断絶を防ごうとしている。

日本全国に数百人いると言われた宮大工だが、二〇一七年時点では、宮大工の継承者は百人程度と推定されている。現在はそれがさらに半減していると言われる。

◉規矩術（きくじゅつ）

宮大工は、新しい建材やコンピュータ、機械に依存せず、修復対象で再利用できる古材を生かし、曲尺（かねじゃく）を活用する規矩術（きくじゅつ）（規矩法とも）を使う。木造大工の加工技術の一つで木造建物の仕口（しぐち）・継手（つぎて）その他接合部分など、部材の形状全般を規（き）および矩（く）によって作り出す手法である。

「矩」は曲尺を意味する。規矩術を習得する宮大工志望者は、他の大工がほとんど使わなくなった槍鉋（やりかんな）を用いる、といった独自の技法や世界観を継承している。国宝、重要文化財などの建築物修復を任せられるのは、奈良県桜井市の瀧川寺社建築など全国に五社程度という。

著名な宮大工には西岡常一や佐々木嘉平、窪田文次郎、松浦昭次ら、いわゆる大工の人間国宝と言われる、文化財保存技術者がおられる。

◉宮大工に伝わる口伝（くでん）

最後の棟梁（とうりょう）と言われた亡き西岡常一さんに、幸運なことに生前に直接お話を伺う機会があった。棟梁とは大工の親方。「大工」は建物を作る、職人の名称で、「棟梁」はその中でも現場をまとめるリーダーのことだ。

——私ももう最後ですから、家訓のこと話しましょ。だいたい十か条ほどありますのや。これは法隆寺の大工に伝わるもん、法隆寺の宮大工がずっと受け継いできたもんです。文字にして伝えるんではなく、口伝です。文字に書かしませんのや。

百人の大工の中から、この人こそ棟梁になれる人、腕前といい、人柄といい、この人こそ修行の資格があるという人にだけ、口をもって伝えます。

文章にすると今の学校教育と一緒や。みな丸暗記してしまうと、試験しよったらみな百点でっしゃろ。それではちっともわかっていない。丸暗記しているだけで。

そういうのはいかんちゅうんで、本当にこの人こそという人にだけ、口をもって伝える。それで口伝や。

私は、おじいさんに教わりました。おじいさんが死ぬ一年前に教えてくれました。

口伝があるちゅうのは知っていましたが、どんなものかは知らんかった。仕事が終わって、家に晩帰ってから棟梁の心がけちゅうなことをいろいろ教わりました。

◉正座して、黙って聞く

――どんな難しいもんやろかと思ってましたが、あほみたいなもんや。なんでもない当然なことやわ。

皇太子殿下にお話したときに、その口伝ちゅうものはいつの時代からあるのかと質問されたんやけど、弱ったがな。そんなのいつからあるのかわからへんもの。

いや、私がおじいさんから聞いて、そのおじいさんがまたおじいさんから聞いて、そのおじいさんも昔から代々伝わってきたんで、年代はわかりまへん、と。こうお答えしました。

おじいさんから口伝を教わるときは父親も一緒でした。家庭では父親やけど、仕事場では互いにライバルでしたからな。

「おまえみたいなもんに負けるかいな」ちゅう調子でしたな。

口伝を聞くときは、正座して、黙って聞くんです。一回しか言わんのです。聞くほうはしゃべりません。それで一〇日ほどたってから試験してましたな。「口伝、おまえちょっと言うてみい」とね。それは書いておかんとわからんわね。私がうろ覚えのを言いますと、叱られる。

◉自然というものを理解する

——棟梁の息子ちゅうので、周囲からも職人からも持ち上げられて、勉強ひとつせんと親の七光（ななひかり）で暮らしてきて、親が亡くなったらポカーンと落ちるんですわな。

それでもなんでっせ。建てるものがなくても、自然とともにある飛鳥の技法みたいなものはなくなりません。今の電子工業のようなむずかしいもんと違いますさかいな。自然というものを理解しさえすれば誰にでもできますわ。

大工が樹齢千年の木を使えば、千年保たせならんちゅうことも自然な考えですし、千年たったときには千年の木が育ってんといかんというのも道理ですわ。そういうことを考えていけばいいんです。

◉お金のことは考えない

——そやけど本当の仕事をするにはこれしたらなんぼちゅう、それが先ではあきまへん。私らが考えるのは本当のものを作ろうということが先で、お金のことは二番目、三番目ですわ。

それと、技術も技法も実際にやって覚えるもんです。お金にすぐになるかどうかやありまへん。場数を踏まんと覚えられません。

法隆寺の修理・解体という大事業にあたって初めてわかったことがたくさんありますのや。解体してみて、初めてこういうことかということを知ったんです。医学でいう解剖学と一緒ですわ。それをほとんどすべての時代にわたってやってきました。

これからはそういう機会がありませんな。二百〜三百年後にならんとありません。今の法隆寺の修理したやつは二百年くらいはもちますわ。二百年しないと解体・修理は回ってきまへんわ。棟染みたいなもんは私で終わりですわ。

棟梁は世襲がふつうです。だいたい法隆寺の棟梁の家というのを見てきますと、二代か三代でやめていきますし。三代目になるとボンクラしかできないちゅうことやと思いまっせ。

◉思いやり

——子供のころからそういう心を持ってました。いるもんでしょうな、思いやりというのは。自分の子を思う親の心やな。

「ひとつにする器量のない者は、自分の不徳を知って、棟梁の座を去れ」という言葉があります。百人の職人の心をひとつに纏められない者は、自分の不徳の致すところやと思って、一身で自分の座を去れと言ってるんですな。

最後は、「諸々の技法は一日にして成らず、祖神(そしん)達の徳恵(とくえ)なり」。いろんな神さまの徳で成り立っている。さまざまな技法、組みとか山の土質を知るとかいうことがありますが、それは一日でできるものではない。神代からずっと体験を積んだ結果こうなったんやから。

◉宮大工の心構えと口伝

――自分がそれをマスターしたからと言うて、自分が偉いんではない。遠い祖先からの恩恵を受けているんやから、祖先を敬えということですな。それとここで言う技法は技術とはちがいまっせ。技術と言うもんは、自然の法則を人間の力で征服しようちゅうものですわな。だから技術と言わず技法と言うんや。

わしらの言うのは、技術やなしに技法ですわ。自然の生命の法則のまま活かして使うことが大事ということですわ。

家訓いうてもこんなもんでっせ。

◉木組み

――「堂塔（堂や塔のこと）の木組は木の癖組」。木には癖があります。その癖は環境によって生まれるんですな。いつも同じ方向から風が吹く所に生えている木は、その風に対抗するように働く力が生じてます。それを木の癖と言うているわけや。その癖を上手に組めということっちゃ。右ねじれと左ねじれを組み合わせれば、部材同士が組み合わさって、動かんわけでしょ。右ねじれと右ねじれを組んだら、ぎゅっと塔がまがってしまうっちゅうことや。

「大工」のことを宮大工のことばで言うと「工人」と言う。「木の癖組は工人等の心組」というのもあります。これは棟梁一人が木の癖を組むということがわかっても、棟梁一人で全部するわけやないから、五〇人の大工がおったら五〇人に、私の考えをわかってもらわないかんちゅうことや。これが「工人の心組み」ですわ。

続いて、「工人等の心組は匠長が工人等への思いやり」というのがあります。工人の心を組むにはどうしたらええかっちゅうことは、棟梁が工人への思いやりがなくてはいかんということです。こいつは言うことききかんからあかん。これでは職人が集まりませんさかいな。どんな人でも受け入れて、そして思いやりちゅうのは、この人は至らん人やけれども、三年の間に立派な宮大工に仕立ててあげましょう。そういう心を持って援助してやらんと心は通わんちゅうことや。仏教で言う慈悲心みたいなもんです。

たとえば四つの神に守られた場所に伽藍は建てなければならんということと同じこと。

宮大工としてではなく言うと「住む人の心を離れ住居なし」。自分の家を建築しようという人の心を離れて、建物を作ってはいかんということですな。建築家が自分のええ具合のことをして、遊ばしてもらおうというのではいかんという戒めです。これは四つの神に守られた場所に伽藍は建てなければならんということです。住む人の心を組み入れたもんじゃないと、家とは言えんと。

◉木を買わずに山を買え

――次は、「堂塔の建立には木を買わず山を買え」。

これも前に話しましたが、ひとつの山で生えた木をもってひとつの塔を作る、堂を作るちゅうことや。木曾の木や吉野の木やら四国の木やらを、まぜてはならんということですわ。木というのは土質によって木の質が違ってくるし、育つ環境によって木の癖がある。木を買おうとするなら、山の環境を見て、木を買えということです。

えらい長い間、私の話を聞いてもらいましてありがとうございます。これで一応しまいにさせてもらいます。おおきに。

三　古式泳法は日本の文化財

七歳の夏から水泳を習いにいった。二つ歳下の妹と市電に乗って、京都踏水会に通った。京都市内で水泳と言うと古式泳法の踏水会に行くということだった。古式泳法とは、水泳と言うより水練と言ったほうがいい。水練はかなりきびしい。帰りに食べた熱い素うどんの味が忘れられない。あの素うどんを食べるのが楽しみで、夏休みの毎日を通っていたのかもしれない。

京都踏水会は一八九六年（明治二九年）に、大日本武徳会遊泳部としてスタートした古式泳法の名門水泳道場だ。その百二十余年の歴史の中で、今はアーティスティックスイミングと言われるシンクロナイズドスイミングでは日本での創始者的位置の水練会であり、オリンピックメダリストなど、多くの優秀な選手たちも送り出してきた。シンクロは立ち泳ぎが基本たがら、古式水泳で学ぶ立ち泳ぎがシンクロの基本技術だからだろう。

◉日本泳法（にほんえいほう）

日本泳法とは、日本各地で発祥した伝統的な泳法のことである。武術としての側面があることから、個人の泳力を競うとともに、隊列を組んでの遠泳など海や川での実用的な泳ぎにも重きを置いて発達してきた。明治に広まった西洋式の泳法と比較して日本泳法と呼ばれるようになったもので、本来は「水術（すいじゅつ）」「水練（すいれん）」「踏水術（とうすいじゅつ）」「游泳術（ゆうえいじゅつ）」「泅水術（しゅうすいじゅつ）」などと呼ばれていた。

流派によっては江戸時代初期より約四百年の歴史を持つとされ、日本水泳連盟に公認されている流派は一三流派ある。その歴史から古式泳法と称される。

これら古式泳法の流派は、武術としての起源や発展の歴史を持つものが多く、単に泳ぐのみでなく、視界を保ったまま飛び込んだり、甲冑（かっちゅう）を着用したまま（武装したまま）の着衣水泳とも呼ぶべき泳ぎや、水中での格闘技術、立ち泳ぎ体勢での討論など、水中での戦闘技術、さらに操船術まで含む流派もある。極端なものでは、捕虜になることを想定して、拘束状態のまま前進する奥義泳法の「全身がらめ」といった危険な技も実在し継承されている。

　海や川や湖での戦闘、護身のための実用性を持った泳ぎであり、発祥の地方の水勢に応じた技術を発達させた。江戸時代にさらに発展したものが多いが、江戸時代には実戦がなかったため、武術としての実用性より、むしろ君主へ技術を披露する観閲の面が強調されて発展したものも少なくない。

　現在、一三流派が日本水泳連盟により公認されているが、同連盟日本泳法委員会は、日本泳法大会、日本泳法研究会を毎年開催し、範士、教士、練士、游士、如水、和水、修水の七つの資格を認定している。

　現代では日本泳法を学び、研鑽する場は、ほとんどが一般のプールであり、普通の水着を着用して練習している。

◉疏水（そすい）が練習場

　当時、私は琵琶湖から京都に用水を運ぶために作られた疏水が練習場だった。

　踏水会は初心者は赤い帽子に五本の白い線から始まる。白い線五本から始まり、上達するにつれて四本、三本と減っていく。上級者は白い帽子に赤い線が三本から始まる。深さ四メートルの疎水での水練だ。疏水という言葉は、水路を開いて水を通すことを意味するが、京都では疏水と言えば琵琶湖疏水を指す。さすがに最初は疎水の一部を堰き止めて一メートルくらいの深さに板張りをしたところから始まる。

おっかなびっくり水に入ってまず教えられたのが、たしか、うつぶせになって顔をつけてぷかりと浮かぶことだった。

次には仰向けに浮かぶ練習。水難事故にあったときにはジタバタせずに水に浮かんで救助を待つことが大切だと教わった。

ここで赤帽の線がひとつとれて四本になると、もう深いところでの水練。

木の手すりにつかまって〝あおり足〟の練習をする。あおり足は立ち泳ぎの〝抜手(ぬきて)〟の基礎でもあり、挟み足とも言うが、クロールのように足をバタバタさせることはない。これで平泳ぎをやる。

手足を交互に動かす「平泳ぎ」は、ほかの泳法とは違った要素が多く、難しいと感じる人も多い。

〝あおり足〟とは足を上下に動かすのではなく、左右に水を掻くように使って泳ぐテクニックのこと。水泳で言えば平泳ぎの足使いに近く、水中カメラマンなどに愛用者が多い。うまく使えるようになると疲労度が少なく、効率よく進めるようになる。

◉あおり足を認めない「近代水泳とは？」

近代泳法隆盛の今はこのあおり足は〝泳法違反〟になり、あおり足で泳いでしまうと平泳ぎとは認められず失格になる。

京都から東京にきてプールでの水泳教室にいってみたら、私のあおり足の平泳ぎにダメを出されてびっくりしてすぐにその水泳教室をやめてしまった。

現代では、特別なイベントでもない限り甲冑（かっちゅう）や褌（ふんどし）等の伝統的衣装を纏うことはない。実践的泳法として教えている学校もあるが、ほんの数えるほどだ。日本の伝統的な泳法が廃れてしまうのは文化財を失うようなものだと思う。波のある海や湖や、流れのある川ではプールを前提とした近代泳法は役に立たない。

◉外来泳法はスピードを競う

歴史的に見れば競泳四種目（平泳（ひらおよ）ぎ、クロール、背泳（せおよ）ぎ、バタフライ）は日本人にとっては外来の泳法であり、競技規則上は自由形で日本泳法で泳いでも違反ではないが、スピードではクロール泳法にまったく敵わないため、現代では使用されない。

一九三〇年に、全国的な泳法流派も加盟する日本游泳連盟が設立され、規約で岩倉流、踏水術（小堀流）、観海流、向井流、野島流、山ノ内流、神伝流、水府流太田派も加盟した（設立時加盟団体）。

一九三二年、文部省指示によって日本水上競技連盟（現・日本水連）は、在来の泳法（すなわち古式泳法）のうち重要なものを採択し、スピードを主とした競技泳法を加えて「標準泳法」として、国民必修のものとした。それはクロール、背泳（せおよぎ）、平泳（ひらおよぎ）、伸泳（のしおよぎ）、片（かた）抜手（ぬきて）、扇平泳（あおりひらおよぎ）、抜手（ぬきて）、立泳（たちおよぎ）、潜（もぐ）り、浮身（うきみ）、逆飛（さかとび）、立飛（たちとび）の一二種で、足の動作はばた足、あおり足、蛙足、踏（ふみ）足の四種であった。

日本泳法で使われる技術には、「アーティスティックスイミング」や「オープンウォータースイミング」の競技中に必要となる技術だけでなく溺水者の救助や、転落時に自己保身を図るために有用とされる部分もあり、決して過去の技術というわけではない。特に今は日本の消防が水難救助技術として訓練している。

「信長公記」の記述によると、織田信長は三月から九月までは川で泳いだため、水練の達者となったとある。そのころは一〇歳を過ぎると、三州の山や遠州の天竜川などで、背に大石を背負って泳ぎ回ったという。小田原から一里泳ぎ、戻って往復し、その後、さらに酒匂川を一里泳いだとする猛者もいたという伝説もある。この記述（石を背負っての泳ぎ）からは甲冑着用を意識した訓練であることがわかる。「風文集」の記述だが、徳川家康は毎年夏になると川で泳ぎ続けた。この記述からは、高齢になっても訓練が続けられたことがわかる。

◉古式水泳の伝統は日本の文化財である

小学校、中学校で、プールばかりではない、実践の泳ぎを伝承してほしいものだ。踏水会にかよったおかげで、私は今も、着衣で海や川で自在に泳げるし、波をどのように活用して泳ぐか、足がつったときなど、水面に浮かんで足のつるのを治す方法も知っている。

＊

毎年琵琶湖で行われる一〇キロ遠泳があり、私も白帽になってから参加した。船に乗って伴走してくださった先生が船からくれた、水飴の味が、忘れ難い思い出となっている。

私は小学校六年生で白帽赤線一本になり卒業した。

四　朗読と朗読劇　健康法として

十年以上まえから朗読（ろうどく）の会を地域の市民の方々と作り、先生をお招きして地域のセンターなどで練習している。成果をときどき発表している。

朗読とは、文章や詩などを声に出して読むことを言う。朗読は、文章の内容やリズム、表現をより鮮明に伝えるために行われる芸術的な活動であり、感情や情景をより深く共有するための手段としても利用される。

朗読とは、声を出しながら文章を読むことだ。朗読には「感情を込めて読み上げる」という意味合いも含まれる。また、朗読を芸術的な観点から「文字言語で表現された文学作品を音声言語で再表現する芸術」ととらえる考え方、あるいは、学問・教育的な観点から「自分の読みを獲得し、それを他者に朗（あきら）かにする行為」ととらえる考え方もある。

文章を暗記した上でこれを行うことを、暗唱と言う。また、声を出さず、心の中で読み上げることを黙読といい、これに対比させる意味では音読という概念もある。さらに、芸術的な表現として文学作品をよむ段階を「表現読み」と言う。

また朗読者としては、俳優や声優、ナレーター、作家なども活躍していることは周知のことだ。

たとえば日本では有名な朗読家や朗読を得意とする俳優としては、以下のような人物が挙げられる。

- 舞台俳優や声優として活躍する内田裕也さん（一九三九～二〇一九）
- 俳優であり、ナレーターとしても知られる中村梅雀さん（一九五五～）
- 俳優であり、ナレーターとしても活躍する中村勘九郎さん（一九八一～）
- 俳優や声優として多くの作品に出演する石田彰さん（一九六七～）

・俳優やナレーターとして知られる山寺宏一さん（一九六一〜）

などが著名だ。

また、朗読を専門とする朗読家による朗読イベントも多く開催されており、さまざまなジャンルの文学や詩、物語などが朗読されている。朗読は、言葉の力や響きを存分に楽しむことができる芸術活動であり、多くの人々に愛されているのもそれゆえだろう。

◉宮沢賢治

私は宮沢賢治（一八九六〜一九三三）が好きで「銀河鉄道の夜」「よだかの星」「セロ弾きのゴーシュ」などを朗読や朗読劇でやってきた。

宮沢賢治は、自然や宇宙を題材にした詩的な表現で知られる。彼の作品には、現実と幻想が交錯する独特の世界観がある。

たとえば「銀河鉄道の夜」では、夢と現実、生と死、宇宙の神秘などが織り交ぜられている。このような作品を通じて、読者は賢治独自の美しい世界に引き込まれ、朗読劇によってさらにその魅力は深まるように思う。

◉朗読、朗読劇の魅力

朗読の魅力とはなんだろう。「語彙が増える」「表情が豊かになる」「腹式呼吸によるダイエット効果も期待できる」「コミュニケーション力が上がる」などさまざまな効果を発揮するが、「声がよくなる」というのも「朗読のメリット」かも知れない。

朗読から一歩踏み込んで「朗読劇」の魅力は、言葉の響きや声優の表現力にある。聴衆は、俳優や声優の声に耳を傾けながら、想像力を働かせて物語を追体験することができる。音の響きやリズム、言葉の選び方によって、深い感情や情景が蘇る。言葉の響きや俳優たちの演技力。最近では照明や映像とのコラボも魅力的だ。

◉演劇と朗読劇のちがい

演劇は相手役に言葉を返すが、朗読は時に相手役がいない分、自分で読みながら次の準備をしなければならない。準備をし、きちんと声に感情を乗せ、聞き手には情景を想像させる。そこには演劇とは違う難しさのある作業だ。稽古を繰り返すにつれ、俳優陣の声がどんどん変化していく様子はダイナミックで面白い。

朗読と言うと、小説や随筆といったテキストをひとりで読み込み、表現を独自に作りあげて発表する、というイメージがある。もちろん、二人以上で作りあげる場合もあるが、この場合でも出演者＝朗読者が自らテキストを読み込んだり、表現を練りあげていくことが多いように思われる。

現代朗読協会では、一貫して、朗読者に対する指導を朗読演出家が行っている。それは、朗読表現と言えども、朗読者ひとりの独自の考えだけではなく、観客の立場からの客観的な目線や、朗読者自身も気づいていない魅力的個性を引き出す指導、そしてなにより専門的な方法によるテキスト解釈やコンテンポラリーな朗読表現のアドバイスといったことが観客に有効であるという考え方にもとづいている。

演出家による指導を受けた朗読者は、その年齢や技量、性格、身体性などを踏まえた最も効果的な朗読表現を見つけ、発表することができる。また、テキストの読み込みについても、演出家に助けられながら深く踏み込んだ解釈をし、オリジナリティあふれた朗読表現を作りあげることができる。

従来の伝統的な朗読表現は、とかく「上手」「きれい」「文章世界を正確に伝える」といったことに重点が置かれ、朗読者の個性的な「表現」というものにはあまり注意が払われなかった。しかし、音楽演奏家が「楽譜」を演奏することで「自分」を表現するように、朗読者も「テキスト」を朗読することで自分自身を表現することができる、というのが、現代朗読協会の基本的な考え方だ。

そのためには、朗読演出の専門家がどうしても必要になる。

現代朗読協会では、朗読者のみならず、朗読演出家の養成を行っているが、朗読演出家をめざす人はもちろんのこと、演劇その他公演における演出においても役立つ。また、自身が朗読家である場合も朗読演出の実際を学ぶことで朗読表現に役立つだろう。

ところで私はワークショップ形式で指導者なしで、朗読劇を創ったことがある。コンテだけを書いておき、あとは先生と生徒という枠組みを離れた参加者同士の即興と体験型の学習方式であるワークショップがかなり楽しく、面白いものになった経験がある。

◉朗読の楽しみ方

朗読には三種類の楽しみ方・味わい方がある。

①誰かの朗読を聴いて、楽しむ。
②自分が朗読表現をして、楽しむ。
③朗読の楽しさを、仲間と分かち合う。

また、朗読は、誰でも取り組むことができる、自己実現、自己表現の世界でもある。自分の感動を聞き手に伝えようと努力すること、その成果を表現できることで、大きな達成感と満足感も得られる。声を出すことによって、身体中が活性化するし、目で見た文章を声に替えて伝えていくことで、当然脳の活性化にもなる。自己を解き放つ高揚があると言えるのではないだろうか。

◉朗読という形で語り継ぐ防災

そのような朗読劇をみやぎの人びとがやっている。

有名作家やシナリオライターの文章や朗読劇を読んで仲間と楽しんでいる人々は多い。それはそれで地域の人々の楽しみとしていいのだが、朗読という名で戦争の被害や災害について語り継ぐ活動もある。みやぎの人々の活動を紹介しよう。

「みんなで必死に作った文集を、ただ配布して終わりにはしたくないと思いました。体験文の作成を依頼するにあたり、『まだ心の整理がつかない』と、書き上げるのにとても時間を要した方もいらっしゃいました。それでも、真剣にあの日の記憶と向き合い、最後まで原稿を書き上げてくださった。そうやって一つひとつ丁寧に作られたこの文集を、本棚に眠らせたまま風化させてしまうのではいけない。この先もずっと伝えていかなければならないと婦人防火クラブの中で話し合い、朗読という形で多くの人に実感していただける機会を作ろうということになりました」

「婦防みやぎの朗読会」。二〇一三年三月に初公演を迎えた朗読のつどい「あの日、あの時、私の記憶」は午前・午後ともに満員。「語り継ぐ防災」として高い評価を得た。

◉一から作り上げる朗読会

第一回の朗読会はセミプロの朗読によるもので、婦人防火クラブのメンバーはサポートとして関わるのみだったが、二回目の公演から演出家の野田秀樹さんが自らナレーターとして参加した。そこから、野田さんは回を追うごとに朗読会の運営や演出に積極的に関わるようになる。

体験文集の作成や、朗読会の当日運営までスタッフはすべてボランティアで動いていた。朗読会の監督やギター演奏などを担っているのも、「婦防みやぎの朗読会」の思いに賛同してくれた消防署職員たちだ。

「朗読する体験文の中には、当時消防隊員だった方の手記もあります。できればその部分は消防署職員の方に朗読してほしいと思っています。この朗読会の目的は、震災を風化させないこと。そして、被災者の記憶や防災の意識を教訓として未来につなげていくことです。当事者の声だからこそ聞き手に伝わるものがあると思うのです」

さまざまな年齢・職業・性別の方が朗読会に参加することには、子どもたちへのメッセージも含まれている。「あの日、目を背けたくなるような悲惨な状況下で、使命感を持って誰かのために行動した大人がたくさんいたことを伝えたい。実際に被災地で救助活動にあたった消防隊員の方の手記は、とても貴重なものです。仕事に誇りを持って働く大人がいることを伝え、明るい未来を描いてほしいと思いながら朗読しています」

現在、「婦防みやぎの朗読会」は、宮城野区文化センターで毎年三月に朗読会を開催しているほか、行政機関や地域団体からの要請を受けて市内各地で公演を行っている。その都度台本を書き、より心に響くよう演出なども手を加えていると言う。

五　平安時代の墨色を求めて

墨と硯は相棒で相性があうことが必要だ。

墨にあった硯を使用することでいい墨色を得ることができる。

いい墨と硯そして紙があって初めて名品が生まれる。

私の、仮名書道の師匠、鳥井美知子先生は、京都芸術大学の大学院の修士論文でそのことにふれられている。

「平安時代のやまと絵と書の現代へのアプローチ一潑墨の探求一」（京都芸術大学　大

学院　芸術環境専攻　超域プログラム　制作学　青木芳昭ラボ　二〇二四）という研究論文だ。

研究の背景の初めに鳥井さんは、

「……「源氏物語」の作者である紫式部がこの物語の着想を得たとされる石山寺に、式部が愛用したとされる古硯が伝えられている。硯の大きさは横八寸四分、縦六寸二分、高さ一寸三分、琴足式で、丘が二面、海が二面、海には牛と鯉が彫られている。この硯を検証すると、平安時代遣唐使などにより中国から渡来した歓州硯（きんしゅうけん）と思われるという。

このことから、当時の能書家（のうしょか）（字の上手な人のこと）はもちろん、宮廷貴族は歓州硯を使用し、また同様に唐からの松煙墨（しょうえんぼく）を使用していたと考えられる。

紫式部が生きた時代は仮名全盛の時代で、紫式部は源氏物語・梅校の中で「すべてのことが昔より劣ってゆく末世だけれど、仮名の書だけは今の時代がこの上なく素晴らしいものになっている」

「この時代の古筆（こひつ）は、かな書作家の拠り所とする手本である。古筆の艶やかな墨色は驚きであり、千年後の現代でも今書いたような墨色である。何とかこの艶やかな墨色を出したいと、書の研究制作をしてきた。紫式部の硯である歙州硯（きんしゅうけん）を、平安時代の墨色を出すための一つの手がかりとして、艶やかな色を求める試みを始めた」

と書いている。

鳥井さんが開催されたワークショップで実際に磨(す)った歙州硯と中国の古墨(こぼく)で試し書きをさせていただいたが、その気持ちのよさはこれまでにない感触だった。今までの墨と硯の関係ではなかったと思う。

◉墨の種類

大きく分類すると松煙墨(しょうえんぼく)と油煙墨(ゆえんぼく)とがある。

松煙墨（松の木と松やにを燃やし採取した煤を原料としたもの）

青味の強い黒となり、薄めると美しい青味となる。

油煙墨（菜種油や胡麻油などの植物油を燃やし採取した煤を原料としたもの）

黒みが強く、純黒、赤みの黒、紫紺の黒、茶味の黒色となり、薄めると茶味となる。

中国の墨

中国の墨の起源は三五〇〇年前、古代中国の宗（前一七六六～前一一二二）にさかのぼると言われている。木炭粉に漆（うるし）を混ぜ合わせて使った。この木製・漆混合液を竹や小技の先を尖らせて文字を書いたものと思われる。

始皇帝が文字を統一し、漢代になると文字の普及とともに、いつでもどこでも水があれば書けるように、先から固形のものに変わった。石墨の粉末に液を加え小粒に丸めて乾燥させた墨を石板の上にのせ、水をたらし、石製の墨具で磨（す）りつぶして墨の液を作った。この固形の墨を墨丸（ぼくがん）と呼び、現在ある固形の墨の原形となるものである。

木簡、竹簡の時代の墨を経て、後漢（後二五～二二〇）には、蔡倫が紙を発明（後一〇五）、筆記用具としての筆・墨・硯・紙が整う。この頃、松の木を燃やして大量に媒を採る方法が発見された。この媒が松種である。唐になると王羲之・王献之親子により書体が整えられ、書が盛んになる。また遣隋使、遣唐使による日本との交易が始まり、唐の玄宗皇帝より贈られた大きな「舟形墨」が今なお正倉院に宝蔵されている。

宋時代までは松煙墨が主で、歙州県には松が多くあったことにより墨の産地となる。また、歙州硯という硯に適した石も産出した。

宗代には水墨画が発展して、文人たちが美しい墨色を求めた。「松種よりもっと黒い、漆黒の黒色」を求めるためにいろいろなことを模索した。漢方薬に使われる蛇の胆、真珠の粉、水銀条、トネリコ木の皮の煮汁、紫蘇のしぼり汁などを墨に練り込んだりする工夫をしたが、良い結果は得られなかった。そして遂に油を燃やして媒をとる油種にたどり着いた。松煙墨一辺倒であった墨に、油煙を採る方法が開発され墨作りの可能性が大きく拡大した。

明・清時代は、墨の黄金時代となる。墨は黒く書ければ良いということだけではなく、繊細な潑墨（墨の発色のこと）が求められ、後世に名を残す墨匠の誕生をみる。明代後半には、程君房、方于魯など名匠が出て、非常に優れた墨が作られた。それぞれ墨譜があり、程君房「程氏墨苑」に収められた墨は五百種、方魯『方氏墨譜』は六巻三八五式の墨を載せている。

続く清代は乾隆帝が墨匠・王近聖に作らせ、また曹素功、胡開文の両家も名墨（乾隆御墨）を競いあった。この時代、宣紙の登場により、墨の持つ本当に美しい色を表現することができるようになり、次々に墨色の研究が進んだ。

しかし、一九六八年の文化大革命は思想、文化、芸術、工芸、技術を破壊し、製墨技術も消滅してしまった。いまや文化大革命後の墨の品質は以前とは比較にならないほど劣っている。

日本の墨

日本の墨は奈良時代よりも前の飛鳥にその起源を見る。日本でも煤を顔料とし色材は各地で作られ、使用されていたと思われる。

墨作りは朝鮮半島からの帰化人による。その後、遣隋使・遣唐使により中国から墨文化が伝えられる。奈良時代には寺の写経のための墨が主流となったことで、奈良に墨作り所が作られた。これらの墨はすべて松煙を原料として造られている。役人や僧侶が使うものはほぼ国産品であった。

また各地で墨の生産が起こり、松煙の産地が墨の産地となった。紀伊の藤代墨（とうだいぼく）（和歌山県海南市）が知られている。

平安時代には藤原氏の隆盛とともに貴族文化が花開き、中でも書芸が貴ばれるようになり仮名文字が完成され、日本独自の文化が生まれる。九〇五年に編纂された『延喜式図造墨式』には造墨手（ぞうぼくしゅ）（墨の作り手のこと）四人で年間四百丁を造り、墨の長さ五寸、広さ八分であったと記されている。平安京図書寮で造られた官僚墨である。

興福寺の二諦坊（にしんぼう）では多くの造墨手をかかえて墨を大量に生産していたが、室町に入り持仏堂の灯明の天蓋にたまった媒を集め、これに膠を加えて墨を造ったことから油煙墨ができた。これまで造られていた松煙墨と比べて墨色、艶、磨り心地など品質がよく、全国に「南都油煙」として知られるようになった。その後、秀吉の時代には中国明から菜種と菜種油がもたらされた。菜種油は胡麻油に比べ、価格が安く、油煙墨の原料は菜種油が定番となる。

日本では手師や絵師と呼ばれて、文字を書くことと絵を描くことを、それぞれ別の人が受け持った。そのため、書のための墨は黒くあればよかったのに対し、中国では文人は詩、書、絵を一人で制作するため、書のための墨は同時に画を描く墨であり、画墨でもある。

◉硯

中国三大名硯がある。

唐硯（中国の墨のこと）の中でも端渓硯、歙州硯、澄泥硯という硯は三大名硯と言われている。

端渓硯

端渓硯は狭義には広東省高要県華慶市（旧満州）の南東の端渓といわれる川から採石されるもの。広義には端州で採れる硯すべてである。硯石は火山灰が堆積してできた凝灰岩の一種、輝緑凝灰岩である。内包する成分は斜長石とそれらが分解してできたと思われる方解石のほか、カリ長石、石英、輝石などが含まれる。モース硬度は三・五と硬すぎず柔らかすぎずといったところである。

唐墨は石質が緻密で、水持ちがよく墨が乾かない。

歙州硯

外観は安徽省歙県竜尾山一体で採掘される硯石である。硯石の原石は粘土が地熱や地圧の作用によって長い年月の間に乾燥し、段々結晶化してできた粘板岩の一種。粘土の組成、岩石に凝集して結晶化する過程の違いによって質が異なる。モース硬度は四と端渓硯より硬めである。

磨墨は石質が緻密で、水持ちがよく墨が乾かない。

澄泥硯（とうでいけん）

澄泥硯は蘇州市近郊の霊山付近で採掘される硯石である。本来、澄泥硯とは唐代に川底の砂を焼き固めて作られた硯を指した。しかし未代に澄泥硯と似た「カク村石」が蘇州近郊の霊巌山付近で採石されるようになり、いつしかこちらが登泥硯と呼ばれるようになった。現在、明代、清代の古硯として伝えられる古澄泥硯も、現代採掘されている澄泥硯もいわゆるカク村石であると思われる。このことから焼成されたものを澄泥硯と呼び、天然石のものは新旧を問わず「カク村石」と呼ぶ分け方もあるようである。

◉水と墨色

さて、墨と硯があっても水がなくては墨は磨れない。

鳥井さんは前掲の論文で、

「墨色には水を使い分けることも大切である。墨を磨る水は弱アルカリの天然水が良いとされる。墨を硯で磨ると、一万分の一ミリという微細な粒子となり、水に溶解した膠（にかわ）の薄い膜に包まれ、水に浮遊する状態となる。これをブラウン運動と言い、最良の発墨状態を求めるためには水が大いに関係してくる。
　等伯、若沖らは硬水使用で造られた唐墨を日本の軟水で磨った。それにより芳醇が進み、美しい墨色を得ることが出来た。若冲の筋目描きは中国からの宣紙によるところが大きいと思われる」

と書いている。

　さらに、墨色と水についてこう語る。

「平安時代の古筆の艶やかな色を出したいと思い、胡麻油煙や桐の油類の墨で試すが、古筆の艶やかな線は出ない。現代の書の線は平らで艶もない。唐墨を使用するなどしたが、まだ不満がのこる。
　このことに糖分の問題かもしれないとの教授の指摘があり、調べると歌舞伎の「まねき看板」には、墨をすり鉢ですりつぶし艶を出すために日本酒を入れた墨汁を使っていた。また浮世能（うきよのう）でも艶墨と言い、人物の髪などに使用している。さらに平安時代から盾と鉾の黒エナメルの塗料には酒が使用されていた。平安時代の手師は唐墨に何らかの糖分を加え、艶墨にしていたに違いないと確信する」

という。

◉墨色と日本酒

ふーむ、なるほど日本酒は墨色に艶を出す?

酒蔵環境研究会を主宰している私としてはとても気になる論文だ。

鳥井さんは、「平安時代の古筆の墨色とは艶のある墨色」という。

日本酒を入れて磨ると墨色に艶が出るという。

前掲の論分にもいろんな日本酒などを使って墨色を検証されていることからもあきらかである。

ただし、日本酒と言っても純米酒と本醸造酒などアルコールを添加していないものと添加したものとがある

どうも論文を読むと純米酒がよいようだ。

アルコール添加した本醸造タイプの大吟醸などは墨色に、艶を出すのに向かないようだ。精米具合も低精米の方がよいようだ。

いまや書家も墨滴を使う時代。そういう風潮のなかで平安時代の墨色を出したいと

孤軍奮闘している鳥井さんに深く共感する。

さて、日本酒と墨色の艶の実験的試みが面白いので私もやってみた。

東京都青梅の澤乃井酒造の純米酒、銀印という銘柄の日本酒をつかってみた。八〇パーセント精米歩合のお酒。ということは二〇パーセントしか磨いていない日本酒だ。銀印という日本酒を入れて墨を磨ってみた。なかなか艶のあるいい墨色だ。

京都の月の桂の純米酒、やはり精米歩合八〇パーセントも使ってみると、すてきな艶がでる。純米酒で精米歩合が低い日本酒がよい墨色を出すにはよいようだ。

もちろん水もある、澤乃井の澤田酒造も月の桂も土中から湧き出ている軟水を使った仕込みだ。


私が代表をしている酒蔵環境研究会では低精米で軟水の純米酒がいいという会員が多い。私もそれがいろんな肴に合うと思っている。

平安時代の墨色を出すにも有効だとわかり我が意をえたりという心境だ。

鳥井さんの論文にはおおいに触発された。

平安時代の墨色を求める旅を続けていただきたい。

紙面をかりて、感謝と今後の、研究の深まりにさらに期待が膨らむ。

さらなるご活躍を祈念したい。

私自身の課題としては平安時代から書家や絵師がどのような日本酒を混ぜて墨を摺っていたかを、探究してみたいと思う。

平安時代の酒は精米歩合も低く、清酒ではなく濁酒(どぶろく)を漉したようなものではなかったか？　発酵食品である日本酒と墨との相性に気づいたのは誰だったのだろう？

夢はひろがる。

六　発酵食品ことに調味料探訪

発酵食品は最初は、自然が生んだ産物だった。

発酵食品は世界中で愛される食品であり、その多様性や独自性が各国の食文化を豊かにしている。発酵食品の歴史と製法にはさまざまな興味深い要素があり、食べ物のあり方や文化と密接に関連している。

◉日本は発酵食品の宝庫

発酵食品は、食材に微生物（菌や酵母）を作用させることで生成される食品であり、世界中で古くから食べられてきた。発酵食品は保存性や風味の向上、栄養価の向上などの目的で製造される。

日本では各地で古くから発酵食品が作られており、代表的なものには味噌、醤油、酢、納豆などがある。

日本の発酵食品は、大豆や米などの原料を使用し、伝統的な製法や微生物の力を活用して製造される。これらの発酵食品は日本の食文化に深く根付いており、多くの家庭で日常的に親しまれてきた。

◉諸外国の発酵食品

発酵食品の歴史は非常に古く、古代から世界各地で発展してきた。古代エジプトではビールやパンが、中国やインドでは醤油や味噌が、ヨーロッパではチーズやワインが製造されていた。

発酵食品は、保存食として重要な役割を果たしてきたほか、食材のうまみや栄養価を高める効果があった。

各国の発酵食品は、地域の文化や気候、食材によって異なり、独自の風味や特性を持っている。

◉日本の発酵食品の多様性

このような発酵食品は、日本では奈良時代よりも以前から日本人の食生活の中に取り入れられてきた。

二〇一三年、「日本食」「伝統的酒造り」がユネスコの無形重要文化財に登録されたのは、麹(こうじ)による発酵食品が根幹にあったためだけではなく、食品や飲み物など多様であったからだろう。

発酵技術を生かして、爆薬やダイナマイトの原料を大量に作ろうとの試みが行われたことも周知の事実だ。

◉魚を使った発酵食品

石川県のいしる、秋田県のしょっつる、香川県のいかなごしょうゆは、その歴史の長さから日本三大魚醤と呼ばれている。魚と塩を漬け込んで発酵させたもので、濃厚な旨味を持つ。イカ、イワシやサバなどを使ったいしる、ハタハタなどを使ったしょっつる、いかなごを使ったいかなご醤油はそれぞれの県の名産品だ。

タイのナンプラーは世界的に有名な魚醤である。

◉大豆の栄養素と発酵

世界の調味料の中で、味噌、醤油に匹敵するようなものがあまりないのは、発酵に適した高温多湿の気候条件がそろわなかったこと、当の微生物が存在しなかったこと、発酵食品を好まなかった地方もあったことなどの要因が挙げられる。しかし、もう一つ大きな条件がある。それは「大豆」だ。味噌も醤油も大豆から作る。そして大豆を主な食料とするのは中国、韓国、日本など、東北アジアの限られた地域だけなのだ。

◉大豆

大豆の起源は中国東北部で、四千年前から栽培されており、日本には約二千年前に伝来したと言われる。大豆はタンパク質、脂質、繊維質、ミネラルなどをバランスよく含んだ栄養豊富な食品である。

この大豆にはいろいろな加工が加えられ、数多くの食品が作られてきた。原料素材に近い物から挙げると、枝豆、きな粉、煮豆に始まり豆腐・豆乳がある。

タンパク質を利用した食品、さらには発酵食品である納豆・味噌・醤油と多種多様である。大豆には多くの栄養素が含まれるが、中でも重要なのがタンパク質。これが発酵菌に出会うと分解されて、同時に旨味の素となるアミノ酸となる。

一般にアミノ酸発酵は、原料となる食品の保存性を増加させ、おいしさを高める働きがある。さらに最近、発酵食品が人間の健康維持に寄与する機能性が解明されるようになり、発酵食品の意義が改めて認識されている。

大豆の場合にも、おおもとの大豆そのものにはなかった機能が発酵によって出現することが知られている。たとえば、五つのアミノ酸が結合したペプチドは高血圧を防ぐ効果がある。

このペプチドはタンパク質が分解していない煮豆には存在しない。同様に、分解が進んでアミノ酸になってしまった油にも存在しない。不思議なことにその中間の味噌にだけ存在するのだ。

私も毎年、手前味噌を作る。味噌の発酵はどうなっているのか？　麹の違いにより醤油ができ、味噌ができる。日本の調味料と言えば味噌と醤油。液体と個体のこの二つが日本の調味料の原点だ。

そこでまず、味噌から見ていくことにしよう。

味噌は端的に言えば、大豆を茹で、その後に、塩と麹を加えて発酵させた食品のこと。

味噌には大きく分けて、赤味噌と白味噌とがある。これは発酵期間による分類だ。

味噌や醤油が茶色や黒っぽい色になるのは、メイラード反応（糖化反応）という化学反応によるものであり、発酵とは直接の開係がない。反応が進行した、つまり貯蔵期間の長い物は色が濃くなる。赤味噌は貯蔵期間が長いからメイラード反応が進行して赤くなったのであり、醤油はさらに長いので黒っぽくなるのである。

◉味噌文化

一般に関西は薄口、関東は濃い口と言われる。それは基本的に醤油をベースにした味付けのこと。ところが、そのような味を超越した味付けを誇る文化圏がある。それが名古屋であり、そのよりどころは「味噌の味付け」である。私が名古屋に初めて滞在した半世紀近く前には、昼食は「味噌カツ」か「味噌煮込み」、夜の寿司は醤油でなく「溜まり」で寿司を食べ、屋台にいけば待っているのは「土手煮」か「味噌おでん」に決まっていた。「土手煮」はホルモンを「味噌」で煮たものであり、広島の「牡蠣の土手鍋」の「土手」からとったもので、要するに味噌である。そして、途中のどこかの店で流し込む味噌汁も「八丁味噌」だった。

それが現在では、溜まりは「味噌臭さ」からほぼ姿を消し、土手煮は「痛風予防」とかで姿を消し、何やら健康的になりつつある？　加えてスーパーやコンビニの努力のおかげで味は全国水準に近づいている。味の変化は思ったより急激に起こるのかもしれない。

さて、日本の発酵調味料には醤油がある。

醤油は塩味を基本とした調味料である。甘味の調味料としては味醂(みりん)がある。愛知県知多半島には、醤油に似た調味料に「溜まり」がある。外見は醤油にそっくりの黒っぽい液体だが、醤油よりドロッとした粘り気がある。匂いと味は、醤油というより、味噌に近い。

そもそも溜まりとは、味噌を作る際に、味噌の上部に浮いて溜まった液体を集めたものであり、そのために「溜まり」と呼ばれているのである。味噌に近い味がするのは当然である。この「溜まり」が醤油の起源と考えられている。

現在、全国的に流通している醤油には、濃い口醤油、薄口醤油、再仕込み醤油などがある。

◉濃口(こいくち)醤油

一般的な醤油のことで、生産高の八割を占めている。江戸時代中期に和歌山県湯浅町で発祥し、江戸料理の調味料として発達した。原料には大豆と小麦を用い、その比率は半々程度である。

◉**薄口醤油**

色が薄く、塩味の強い醤油、濃口醤油を使うと料理の色が黒くなるので、素材の彩りを生かす京料理などに好まれる。薄口とはいうが、実は、塩分濃度は濃口より一割ほど高いことは案外知られていない。仕込みには、麴の量を少なくし、塩水の比率を高くする。

◉**再仕込み醤油**

甘露醤油とも呼ばれ、味、色ともに濃厚な醤油。

「再仕込み」と呼ばれるのは、醤油の仕込み工程で、塩水の代わりに醤油を用いるからである。つまり、「一度作った醤油を使う」という意味からきている。

味が薄いのが特徴。茶碗蒸しや吸い物、うどんのつゆ、煮物などに用いられる。原料には大豆が少なめ、あるいはまったく使わず、小麦が中心だ。

◉**味醂**

味醂は料理に甘さを加える調味料として日本料理に欠かせない。甘味のある黄色の液体であり、四〇~五〇パーセントの糖分と、一四パーセント程度のアルコール分を含有する。つまり、アルコール分は日本酒と同程度。蒸したもち米に米麹を混ぜ、焼酎または醸造用アルコールを加えて、六〇日間ほど室温近くで発酵させて作る。

味醂は酢の物や麺つゆ、肉のたれや照り焼きのつや出しに使う。アルコール分が魚などの生臭さを抑え、食材に味を深める働きをし、素材の煮崩れを防ぐ。

◉酢

酢は調味料のうち、酸っぱいものの代表だ。酸っぱいものとしては、酢のほかにもレモン、梅干しなどがあり、また、ワインの酸味もある。

一口に酸味と言うが、これらの酸味の素はすべて異なる。

まず、酢は酢酸の酸味。レモン、梅干しはクエン酸、そしてワインは酒石酸による酸味だ。したがって、味わえばそれぞれの酸味には違いがある。酢には三〜四パーセント程度の酢酸が含まれる。

酢の原料はいろいろあるが、基本はエタノールを酢酸菌によって酢酸発酵するというものだ。

日本の伝統的な酢は米酢。米酢の場合、まずは米麹と酵母からお酒を作る。次に、このお酒に酢酸菌を加えて酢酸発酵をさせる。

日本で主に作られているのは米酢と穀物酢。米酢はその名のとおり、米だけから作られたお酢のこと。米の甘み、コクがあるので和食との相性がいい。加熱すると、せっかくの米酢の香りが飛んでしまうので、酢の物など加熱しない場合に使うことが多い。穀物酢の原料は、米、小麦、とうもろこしなどである。これらを用いて作った酢のことを食物酢と言う。香りが少ないので、加熱の影響はほとんどない。米酢に比べて価格は穀物酢のほうが安価。

米酢、穀物酢のほかに、特殊なものとして黒酢がある。黒酢は米酢を熟成させたもの、黒酢の特徴はアミノ酸が非常に豊富であることで、そのため消化の必要がなく、直接エネルギーとなるので、疲労回復効果が期待できる。香りが強く、なめらかなので、中華・魚介料理・飲み物に向く。ほかにも、中国黒酢と呼ばれる香酢などがある。

*

私の冷蔵庫には糠漬け（ぬかづけ）の陶器の容器がはいっている。糠床を作り、夏場は、きゅうり、ナス、カボチャ、にんじん、大根などをつける。糠漬けはとても手軽に野菜を美味しく保存する日本人の知恵だと思う。

手前味噌も毎年、豆を取り寄せて作る。異なる地方の大豆で作ってみるのも楽しい。作った年の異なる味噌を合わせて味噌汁を作るのも手づくりならではの楽しみだ。

最後に日本の発酵技術の力をもの語るふぐの〝こんか漬け〟を、紹介しておきたい。猛毒の「ふぐの子」は、ふぐの卵巣を塩漬けと糠漬けにし、二年以上発酵・熟成させた食品。「世界的に珍しい」「奇跡の食品」と紹介されることが多い。というのも、ふぐの卵巣には猛毒が含まれているが、その卵巣の毒が塩と糠に漬けることによって無毒化され「ふぐの子」は食べても安全、そのうえ味わい深い食品になる。素晴らしい発酵食品の極地とも言えよう。

七　俳句せんとや

私が、俳句を始めたのは三〇歳くらいのとき。母が俳句をやっていたので、私もやってみようと、駄作をつらねていたある時、「日経俳壇」（日本経済新聞）を読んでいて、投稿してみる気になった。

白葱の光の棒を今刻む　　黒田杏子

この俳句がとても鮮烈だったので、選者の黒田さんあてに投稿してみようと思った。

米二俵担ぐ杜氏の背に秋日　世古一穂

この句は私が初めて出したもの。これが入選して、気をよくして何度か投稿したら、以後五回くらい選ばれ、掲載された。

◉俳句とは

「俳句」は江戸時代に盛り上がった「俳諧の発句」の前後を取って略した言葉だと考えられている。明治時代になり正岡子規の起こした「俳句革新運動」によって広く知られるようになった。

「俳諧の発句」は、たんに「発句」とも呼ばれる。乱暴に言えば、江戸時代に活躍した松尾芭蕉や与謝蕪村、小林一茶の作品がそれである。

◉「現代俳句」が生まれるまで

「連歌」とは、「俳句」のもとのもと。「れんか」ではなく、「れんが」と読む。「俳諧の発句」の説明の前に、まずは俳句のもとのもととなった連歌の説明から始める。その方が混乱しない。

「連歌」とは、和歌を五七五（上の句）と七七（下の句）の二つに分けて、二人以上で完成させる言葉遊びである。通常は一〇人くらいで、五七五・七七、五七五・七七と繰り返しながら全体で百句になるまで作り続ける。連歌は五七五と七七をそれぞれ一句と数えるため、和歌として換算した場合は五〇首となる（俳句の数え方は、一句、二句……。和歌や短歌の数え方は、一首、二首……である）。

一句目となる発句は、あいさつ句とも呼ばれ、連歌会が行われる場所や季節感を上手に歌の中に盛り込む必要がある。それを受けて別の人が七七の二句目を続ける。さらに次の人が三句目以降を五七五、七七、五七五、七七と次々と繋げていく。すなわち、連歌、連なる歌ということである。

◉連歌

言葉遊びと言ってもルールが複雑で、さらに雅言葉（みやびことば）が基本となっているため、かなり高尚なものだ。戦国時代には武将が戦勝祈願のために数日間こもって連歌会を開き、完成した百句（「百韻連歌（ひゃくいんれんが）」と言う）をわざわざ神社に奉納したほどである。かの明智光秀も「本能寺の変」に出陣する際に連歌会を開催したとか。

◉「俳諧連歌」が、俳句の祖・芭蕉を生んだ

高尚な連歌から派生したのが、こっけい味を旨とした「俳諧連歌」である。基本となるルールは連歌と同じ。ただし、連歌とは異なり、もっとラフな言葉遊び（駄洒落（だじゃれ）など）や品のない言葉も盛んに取り込んだ。その結果、武士や庶民を問わず、江戸時代になって大いに流行った。

この「俳諧連歌」から発句（一句目）のみを取り出し、自立した作品として磨きをかけたのが「俳諧の発句」である。

◉俳諧の発句

俳諧連歌が始まった当初は、連歌と同じ百句が主流であったが、芭蕉のころからは三六歌仙（さんじゅうろっかせん）にちなんだ三六句の歌仙形式が多くなる。この歌仙形式を現在では連句と呼んでいる。

発句を単独作品として創作・鑑賞する傾向は、室町時代からあった。ここが少しややこしいが、一度は雅な世界から離れた「俳諧連歌」に、芭蕉は再び雅な世界観を取り込んだ。でもそれは日常からかけ離れたものではなく、古典の美と自分の日常とを重ね合わせる、いわば詩的表現の追求と言えるものだ。そこが、芭蕉が「俳句の祖」

と呼ばれる所以だ。その影響を強く受け、蕪村、一茶がのちに続く。とはいえ、江戸時代はずいぶんと長いので、一茶から見れば芭蕉は、現代人からみる明治時代の正岡子規のような存在だったのかもしれない。もう遥か昔の偉人的存在。蕪村は蕪村であり、一茶はあくまでも一茶である。

•松尾芭蕉（一六四四〜一六九四）の名句
古池や蛙飛こむ水のおと
閑さや岩にしみ入る蟬の声
旅に病で夢は枯野をかけ廻る

•与謝蕪村（一七一六〜一七八三）の名句
春の海終日*のたりのたりかな
菜の花や月は東に日は西に
さみだれや大河を前に家二軒
*終日(ひねもす)＝一日中のこと。雅語的な表現。

•小林一茶（一七六三〜一八二七）の名句
我と来て遊べや親のないすすめ

やれ打な蝿が手をすり足をする
瘦蛙まけるな一茶是に有り

いずれも名句中の名句。小・中学校の教科書に載っていたと思う。

◉正岡子規、登場！

松尾芭蕉、与謝蕪村、小林一茶という江戸時代の三人の俳諧スターのあとに、彗星のごとく登場したのが、明治時代の正岡子規。ここから「俳諧の発句」は「俳句」と呼び名を変えることになる。

子規は「俳諧連歌」など明治のうちに廃れてしまうだろうと考えていた。事実、「俳諧連歌」は明治の人々には人気がなく、すでに下火で、時代は文明開化だ。若い子規の目には風前の灯火のようにも見えたのかもしれない。ゆえに新聞記者だった子規は、当時の「俳諧連歌」をこきおろし、思い切った「俳句革新運動」を新聞紙上で展開する。

これにより「俳諧の発句」は「俳諧連歌」から完全に切り離され、「俳句」という独立したひとつの文芸として生まれ変わることになった。そして、芭蕉や蕪村などの過去の「俳諧の発句」が「俳句」として再び注目されるようになったのだ。

ネーミングは大切。現代でも名前を変えたことで、大ヒット、大ブレークした例はたくさんある。

たとえば伊藤園の「お〜いお茶」とか。お笑いコンビの「くりぃむしちゅー」や「さまぁ〜ず」、くまモンに代表される「ゆるキャラ」もそうだし、最近では日清食品の「カレーメシ」なんかが話題になりましたよね。ともかくネーミングは大切。

•正岡子規（一八六七〜一九〇二）の名句
柿くへば鐘が鳴るなり法隆寺
いくたびも雪の深さを尋ねけり
糸瓜咲て痰のつまりし仏かな

芭蕉、蕪村、一茶、子規という希代の天才たちを経て、現代の「俳句」がある。

子規研究の第一人者として知られる俳人・坪内稔典（つぼうちねんてん）によると、

古池や蛙飛こむ水のおと　芭蕉

菜の花や月は東に日は西に　蕪村
柿くへば鐘が鳴るなり法隆寺　子規

の三句は、俳句の代表選手のような作品なのだが、いずれの句にも、古き良き日本の「静けさ」と「懐かしさ」がある。理想的な日本の原風景と言える。

いろいろな観賞、感想、考え方はあるかとは思う。しかし名句の最大の条件は、たったひとつ（最大だからひとつなのだけど……）、それは時代の風雪に耐え、時代を超えること。ただ、それだけだと思う。

俳句は日本語さえ理解できれば、誰にでも作れるもの。季語を入れて、五七五と整えるだけなら、さほどむずかしいことはない。ある意味それでいいと言える。でも、作り手によっては、それは「詩」となり、趣味の範疇を超えて「文芸」の域にまで達する。俳句は、実に奥深いものだ。

◉文語の豊かさ

「風と共に去りぬ」というアメリカ映画の古典的名作がある。ラストで、愛するレット・バトラーが、ヒロインのスカーレット・オハラを残して去ってゆく。もう彼は二度と戻ってこない。スカーレットが育った南部の白人貴族階級社会が二度と戻ってこないように。

ところで、この映画のタイトルを「風と共に去った」と言い直してみたら、どうだろうか？　何か間の抜けた感じになってしまうだろう。古典の世界では、終わったばかりの動作を示す「つ」、取り返しのつかない「ぬ」、まだ動作が続いている「たり」といった完了の助動詞と、過去の「き」「けり」の、合わせて六種類に使い分ける世界を、現代語では「た」の一言で言い表してしまっている。

一つに統一して便利になった、という見方も可能だろうが、文学の世界ではまったく逆だ。パリの画材屋には二百種類のピンクがあって、画家はそれを描き分けるという。二百種類が一種類になったから便利だと言うのでは、まともな画はとても描けないだろう。

「た」の問題に戻れば、現代語は今の動作が、現在か、未来か、過去か、という「時制」にだけ関心を持つようになった結果、言葉の世界の微妙なニュアンスを失ってしまったのではないかと思う。古語の助動詞が持っていた詩的豊かさを失うのと引き換えに起こった現象とも言えるのだ。こう考えてくると、言葉で詩を追求する俳句が、今日に至っても文語を使い続けている意味もわかると思う。

◉金子兜太さんの入門書で

もし俳句を始めてみたいと思っているならば「俳句入門」的な書籍がおすすめだ。ちょっと検索すればいろいろ出てくるので、気に入ったものを。

ちなみに、私の座右の入門書は、金子兜太著『金子兜太の俳句入門』(角川書店)。人間の大きさ、懐の深さが、読んでいてとても心地よい本で、初めての人におすすめだ。

◉孫弟子からのオマージュ

金子兜太(一九一九〜二〇一八)は、三〇年近く朝日俳壇の選者を務め、国民文芸としての俳句の普及に多大な貢献をした俳句界の巨匠。戦後の社会的俳句運動、前衛俳句において理論と実作の両面で中心的な役割を果たし、その後も後進を育てつつ第一線で活動した。入門書や数々の対談で俳句とは何かを縦横に語り、その生き方とともに句作にあたったその姿勢と心得を思いを込めて著書に書いている。

◉人生の節目にあたり選んだ金子兜太自選百句から

白梅や老子無心の旅に住む

裏口に凝路が見える番国かな

山脈のひと読みかし番のねもり

受族沙華どれも腹出し株父の子

素の夜の香が身に逝く馬歩む

職のまなこ赤光なれば海を思う

木曾のなあ木曾の炭馬並び真る

被弾のパンの欄島民の赤児泣くあり

朝寝して白波の夢ひとり旅

若狭乙女美し美しと鳴く冬の鳥

麦秋の夜は黒焦げ黒焦げあるな

どどどどと蜜袋に蟻騒ぐぞ

桐の花遺偈に粥の染みすこし

牛蛙ぐわぐわ鳴くよぐわぐわ

唯今二一五〇羽の白鳥と妻居り

（中国旅吟）

漓江どこまでも春の細路を連れて

夏の山国母いてわれを与太と言う

冬眠の襲のほかは寝息なし
雪の日を黄人われのほほえみおり
酒止めようかどの本能と遊ぼうか
源流や子が泣き眠りおり
秋高し仏頂面も俳諧なり
沢上りつめ初日見る月の出待つ
言霊の脊梁山脈のさくら
子馬が街を走つていたよ夜明けのこと
大航海時代ありき平戸に朝廉して
老母指せば蛇の体の笑うなり
病いに耐えて妻の眼置みて変うめもどき
ブーメラン亡妻と初旅の部
合散の花君と別れてうろつくよ
左義長や武器という武器焼いてしまえ
津波のあと老女生きてあり死なぬ

◉**自由律俳句**

季語が入っていない俳句のことを「無季（むき）」と言う。ふつう俳句には季語を入れるが、状況がわかれば季語が入っていなくてもよい。

そのほか、「五・七・五」で俳句を作る。これを「定型（ていけい）」と言うが、実は「五・七・五」でなくてもよいと金子兜太は言う。

無季にしても口語にしても、俳句に現実感（時代性）を取り込もうとする試みであった。

一九六〇年前後には、社会との主体的なかかわりを強調した金子兜太、鈴木六林男（むりお）（一九一九〜二〇〇四）、能村登四郎（一九一一〜二〇〇一）、赤尾兜子（とうし）（一九二五〜一九八一）らが活躍し、金子や赤尾の現代的なイメージを追求した作品は「前衛俳句」と呼ばれた。多行形式によって独自の俳句美を書きとめた高柳重信（一九二三〜一九八三）、「昼顔の見えるひるすぎぽるとがる」などの句で日本的風土とは異質の言語美をもたらした加藤郁乎（いくや）（一九二九〜二〇一二）、彼らもまた金子らとともに今日の前衛派をなしている。

◉**金子兜太は前衛か？**

「私の俳句は前衛俳句と呼ばれた時期があります。私自身は「前衛」を自ら言ったことはありません。そんな意識もありません。自然を描写しているだけの俳句では飽き足らず、人間の生身の姿であるとか、社会の現実であるとかを積極的に詠みたい、表現したいと考えてきました。季語や儀礼的な表現を排して、人間と自然を自由に表現しようとするものです」

「現実社会との兼ね合いで言えば、私が生まれ育った秩父にある武甲山(ぶこうさん)という山をめぐって、最近、考えることが多々ありました。それは俳句にも通じることです。

武甲山は石灰岩が豊富で、戦前からセメントの原料として採掘が盛んでした。戦後はどんどん削られて、山の姿そのものが大きく変わってしまいました。秩父の象徴とも言える存在ですから、姿形(すがたかたち)までを変えてしまうのはけしからんという地元の声もあって、セメント会社もかなり配慮しているようです。でも、無惨な姿は元には戻りません。その姿にいたたまれない思いに駆られる人も多いのです。私もそんな一人です」とエッセイで語っている。この言葉は私の心深くに響く。

＊

◉杏子先生からの電話

二〇二三年三月一三日に、黒田杏子(くろだももこ)先生（一九三八〜二〇二三）が亡くなった。

一〇年くらいまえのある秋の日の朝早く、家の電話が鳴った。

「黒田杏子です」とおっしゃる。黒田杏子先生？

直接の面識もないのでびっくり！

「あなたの俳句、何回か、日経俳壇で取り上げました。「藍生（あおい）」にはいったらと思って電話しました」とのこと。突然のことながらありがたいお申し出に二つ返事で、「藍生」の仲間にいれていただくことになりました（「藍生」とは「藍生俳句会」のこと。主宰者黒田杏子の死去により、二〇二三年一一月をもって三三年にわたる活動の幕を閉じた）。

私が、酒蔵環境研究会という酒蔵を核にした地域づくりの会をやっていることを申し上げたら興味を持ってくださり、「酒蔵の俳句を本格的に創ると面白いわね」とおっしゃり、酒蔵にお連れしたことも。

思いつかれたら、躊躇なく電話される先生でした。

日本酒よりも赤ワインがお好きで山の上ホテルで俳友と一緒にワインをご相伴したことも楽しい思い出。

私が先生が選者をされていた日経俳壇に投句したのには理由がある。

先生の「白葱の光の棒を今刻む」という俳句に触れた時に体に電流が走った。俳句をやるならこんな俳句が書きたい。先生に私の俳句をぶつけてみようと、選者をなさっている日経俳壇に投句したのでした。

投句したら「米二俵担ぐ杜氏の背に秋日」がすぐに掲載され、その後も、出すたびに掲載していただいたので、杏子先生からの電話は本当に嬉しかった。東京句会でおめにかかるようになってからもときどきお電話いただき、叱咤激励！　ありがたいことでした。

三・一一の復興のまちづくりに関わり「コスモスの廃屋ひとり鎮もれり」を日経俳壇に投句、掲載していただいたのも懐かしい思い出です。

黒田杏子先生の電話はもう鳴らない……。

八　自耕自醸の日本酒づくり

◉食事と楽しむ日本酒

日本酒を洋風の居酒屋感覚で提供する店が増えている。日本酒に合わせる料理も洋食系、エスニック系と幅広い。英語の「バー（bar、酒場）」をフランス語やスペイン語風に「バル」と発音し、「日本酒バル」を名乗る店も増えてきた。

その店の日本酒メニューは純米酒を中心に、どちらかと言うと小規模または中堅クラスの酒蔵のものが多い。しかも流通業者が勧める日本酒を言われるがままに置いているのではない。店主が直接、全国の酒蔵を訪問したり、日本酒イベントに参加したりして、好みの日本酒を見つけてくるケースが目立ち、日本酒が再評価されている。

◉日本の伝統的酒造りがユネスコの無形文化遺産に

日本の「伝統的酒造り」がユネスコの無形文化遺産に登録されることになった。五百年以上前に原型が確立した日本の「伝統的酒造り」は、米や麦などを蒸す、麹（こうじ）を作る、醪（もろみ）を発酵させるなどの伝統的に培われてきた技術が各地の風土に応じて発展し、自然や気候と深く結び付きながら伝承されてきた。こうした技術で製造された酒は儀式や祭礼行事などに使われ、日本文化で不可欠な役割を果たしてきた。

◉並行複発酵

さて、並行複発酵という日本酒の特異な製造技術がある。これは米に含まれるデンプンを麹の力で糖に変える「糖化」と、糖を酵母の力でアルコールに変える「発酵」の過程を同時に行う日本酒の独自の伝統技法である。

ワインの場合、原料のブドウに糖分が含まれているから「糖化」の過程が必要ない。これを「単発酵」という。

同じ蒸留酒でもビールやワインはアルコール度数が五パーセントから十数パーセン

トと低めだ。ところが「並行複発酵」で造られる日本酒は世界で唯一醸造酒としてアルコール度数が一八パーセントと高い。原料米を最後の最後まで発酵させてアルコール度数を高めることができるからだ。

◉アルコール度をあげ厚化粧

ところで日本酒の場合、最高は一八度までアルコール度数が出る。技術に依存してアルコール度数を上げれば上げるほど、酒質はすっきりとした辛口になる。その代わり、原料米の特性や風味がほとんど失われてしまう。そこに吟醸系酵母を使って華やかな香りを発散させた、〝厚化粧〟の大吟醸酒が、主に鑑評会で金賞を取っている。現在、飲み手が求めている日本酒はこういう酒なのだろうか？　むしろ多様な食事と一緒に楽しんで飲める酒なのではないだろうか？

◉地元農家との〝協働〟　飲み手が求める酒

鑑評会で金賞を取る酒より、飲み手が食事と一緒に楽しめる酒を作ろうとする酒蔵も増えている。こうした飲み手の意識の変化が造り手の意識も変え始めている。鑑評会で金賞を取る酒ではなく、飲み手が求めている酒をめざす造り手が増えてきているのだ。

戦後の米不足の時代に醸造用アルコールを大量に添加した三増酒が生まれ、高度経済成長期には三増酒や普通酒が当たり前に市場に出回った。三増酒とは第二次大戦後の米不足の時代に導入された日本酒の製造方法で、三倍増醸清酒の略。米と麹で造った醪(もろみ)に醸造用アルコールを加え、さらに水あめやブドウ糖などの糖類を添加して、三倍に増量した酒のことだ。いわゆる普通酒と言われる。

◉普通酒を大手酒蔵へ桶売り

しかし、オイルショックなどで経済が低迷する中、日本酒の消費量は減少し続け、全国の小規模な酒蔵は次々と姿を消していった。小規模の酒蔵は生き残りのため原酒を桶に入れたまま売る、桶売りが始まった。

桶売りとは、酒蔵間で原酒を桶に入れたまま売ることを言う。未納税取引とも言われる。桶売りは自分のところの銘柄で売らず大手にそのまま売ってしまうやり方だ。こうしてかろうじて生き残った蔵もあった。だがそういう蔵は、大手酒蔵が取引を停止すれば一気に倒産するしかない。風前の灯火というような状態だった。

桶売りだと自分の銘柄が出ないので、酒質の悪い「普通酒」を造っていた酒蔵も多かった。

ラベルに自分の蔵の名前を出せない桶売りであっても、生産高は千石や二千石はあった。食うには困らなかったので自分のところの銘柄で酒質を高める努力はされなかったと言えよう。大手はブランド力があるので、そうした酒を桶ごと買ってブレンドして大手の銘柄の普通酒として売っていたわけだ。

◉飲みたい酒を作る

だが、そんな酒を造っていても「将来はない」と判断した若き蔵元たちが英断を持って大鉈を振るった。「売れればいいだけの酒」から「自分が飲みたい酒」へと大きくハンドルを切ったのだ。

それは時にはタンク数本分、数十石の純米酒造りからのスタートだった。これが売れなければ倒産してしまう。このような蔵元に共通しているのは、酒造工程を昔ながらの手造りに戻すことと、原料米へのこだわりだった。

一石は米六〇キロ、一番小さな酒蔵の規模は百石。大手は五〇万石くらい造っていて、その規模の差は天と地ほどだが、百石蔵でも夫婦で手づくりという規模で成り立っている。

多くの酒蔵は米を自分の地域以外からも仕入れて醸造するのが当たり前だった。良質な酒米、山田錦や雄町米を求めて奔走する蔵も数多い。

反対に、「未来の日本酒」を志向した若き蔵元たちは、地元の栽培農家に着目した。質の良い米を作っている地元農家と契約することで、酒米の質の確保と安定供給が実現できるからだ。

地元農家は必要な酒米の質と量を念頭に酒蔵と意見交換しながら生産計画を立てる。酒蔵の方はその年の米の性質を知り尽くしたうえで酒造りに当たる。酒造工程の中でも米の善し悪しがわかるので、酒造りが終わった後、翌年の米作りをめぐって農家に稲作の改善を求めることができる。こうした酒蔵と農家の〝協働〟作業によって、酒蔵は酒造りのモチベーションをさらに上げている。

その一方で、自社田や自家栽培田を確保して自分たちで米を作り始めた酒蔵がある。

◉自耕自醸

蔵元自身がトラクターを運転し、苗床作りから、田植え、稲刈り入れまでを行っている蔵が増えてきた。酒蔵と米づくりが一体となった新しいスタイルの酒造りは、「自耕自醸」といった新しい呼び名を生み出した。

九州大分県の鷹来屋（たかぎや）の蔵元さんに「自耕自醸」を体験させてもらったことがある。原料の米から責任を持って酒を造るという姿勢は自耕自醸の蔵に共通している。地元農家との協働で米作りにまい進する酒蔵も同様と言えよう。

酒造りの出発点に米作りを置いた酒蔵の場合、無農薬や減農薬、有機農業への視点を忘れることができない。大阪府の「秋鹿（あきしか）」酒造では無農薬のみならず、赤糠（あかぬか）（精米して残った糠）と籾殻（もみがら）を発酵させた推肥を利用するなど酒蔵ならではの循環型農業を実現している。

◉水へのこだわり

栃木県の「仙禽（せんきん）」は酒蔵の周辺の有機栽培農家と契約している。そこでは従来の稲作と違って、肥料も農薬も使わず、除草もせず、米の持つ本来の生命力と生態系を十分に生かした栽培方法が取られている。

また、酒造りに直接影響をあたえるのは水だ。米作りには水が欠かせない。日本酒成分の約八〇パーセントは水だ。

昔から酒蔵は良質の水が湧出する土地に建てられた。「硬水」で知られる兵庫の宮水はリン、カリウム、カルシウムなどミネラル分を多量に含んでおり、酵母の働きを活性化し、強くて安定したアルコール発酵を促進する。

「軟水」も負けてはいない。「軟水」の場合、発酵がゆるやかに進むので、軽くて柔らかく、すっきりした味わいの酒になる。軟水仕込みは広島県安芸津の安芸津杜氏が確立したと言われるが、発酵が停滞しやすいので高度な技術が必要とされる。

本稿で取り上げた酒蔵も米作りと酒造りに同じ水脈の水を使っているところが多い。しかも「仙禽」「鷹来屋」「根知男山」などほとんどの自耕自醸の蔵の水は「軟水」だ。「硬水」だとアルコール発酵が力強く進むので米の旨みが出にくいのかもしれない。いずれにせよ米と水を重視した酒造りこそが、「自耕自醸」の大きな特徴なのだ。

◉未来を切り拓く米作り

実は、こうした原料から醸造まで一貫して行う酒造りは、フランスのワイン醸造の世界ではごく普通に行われてきた。

ブルゴーニュのワインをみてみよう。世界的なワイン産地として知られるブルゴーニュ地方では、醸造家はみなブドウ栽培の農家で、生産者はドメーヌ（区画、畑）と呼ぶ。

フランスのもう一つのワイン銘醸地ボルドー地方では、巨大な醸造メーカーが建ち並びシャトー（城）と呼ばれているのとは対照的だ。

酒造りを米作りから始めた蔵のいくつかが、ボルドーではなく、ブルゴーニュの生産方式を参考にした。それはとてもよく理解できることだ。実のところ、「泉橋」や「満寿泉」の蔵元は「農の心」を学びにブルゴーニュへ視察旅行に出かけている。

ブルゴーニュのコート・ドール（黄金の丘）には、かの有名なロマネ・コンティやモンラシェなど世界最高級ワインのブドウ畑が集まる。一年中、観光ツアー客でにぎわうほか、収穫の季節になると全国から学生ら若者が押し寄せ、短期アルバイトに汗を流す。

だが、コート・ドールの畑は貝殻だらけの石灰質で乾燥し、ザラザラしている土地で、決して肥沃な土地ではない。

◉作って醸（かも）す

湿潤な日本の田んぼとフランスのワイン畑には大きな違いがある。

そのうえ、ワイン醸造では、ブドウ自体が糖分を含んでいるのでブドウを潰して果汁に酵母を加えれば発酵が進む。米に含まれるデンプン質を麴菌の力で糖分に変え、それをもとに発酵させるという、日本酒の並行複発酵と大きな違いがある。

ワインの質はブドウに大きく依存している。だが、日本酒ではいかに良い米を使っても、造りを失敗すれば良い日本酒にはならない。米の良し悪しと技術の善し悪しが共に必要になるのが「並行複発酵」で造られる日本酒の特徴と言える。ブルゴーニュに出かけた日本酒の蔵元たちの多くは、最初、「日本酒ドメーヌ」を意識したというが、日本酒とワイン醸造の違いに気づき、「日本酒は日本語で語るべきだ」と考えるに至る。「醸造蔵」や「自耕自醸」といった言葉はその結果として生み出されたのである。

ではなぜ酒蔵が自ら米を作るのか？　米はブドウと同様に自然の恵みだ。自然の恵みをおろそかに扱うことなく、米の旨みを目いっぱい引き出す酒造りをめざしているからだ。

◉全国新酒鑑評会とは

全国新酒鑑評会の金賞受賞酒を前提に酒米や酵母の種類、精米歩合、日本酒度、山廃(やまはい)、風味・味わいなど酒質設計の確かな日本酒を置いているのが特徴だ。

しかし、日本酒の提供の仕方は難しい。本来は、食事との相性を考え、本醸造(ほんじょうぞう)、純米酒、吟醸酒、山磨、生(き)もとと飲み手の好みも、料理に合わせて提案する必要がある。

さらには山廃や生配など酒質に応じて冷酒、常温、熱燗を選ぶことも大切だ。

それに対して鑑評会の場合は、酒蔵の酒造技術を競うコンクールの意味合いが強い。

酒米の王様と言われる山田錦と吟醸酵母を使って特別に作る鑑評会の酒は特別仕様の酒だ。蔵人が手塩にかけて造った酒だが、審査員が少量を口に含むだけで、市場に出回ることはないので、消費者が飲む機会はほとんどない。造り手優先の技術コンクールなので、料理とのペアリングが採点で評価されることはない。また、自耕自醸の酒への評価の視点を加え、地域の活性化、農業との協働の視点もプラスすべきだと思う。

◉未来派とも言える酒蔵の生産スタイル

自社田や自家栽培田を持って自ら田んぼを耕す蔵、地元の栽培農家と契約し、協働で米を作る蔵、中には食とのペアリングを重視しレストラン等の飲食もあわせた六次化産業に取り組む蔵もある。こうした未来派ともいえる酒蔵の生産スタイルが、一時のブームに終わることはない。近い将来、日本酒業界の常識となるだろう。新しい日本酒の時代を切り拓くのは間違いない。本稿がその先駆け、羅針盤となるよう願ってやまない。

九　痺れる茶道

茶道で抹茶を点(た)てる一連の所作を「点前(てまえ)」と言う。丁寧に「お点前」という人も多い。私も習慣でお点前と言っている。

みなさんも一度は、シャカシャカと軽やかに茶筅(ちゃせん)をふり、お茶を点てる姿に憧れたことがあるのではありませんか？　茶道のお点前とは何かを知り、季節のうつろいを楽しむノウハウを身につけだいものだ。

私は京都の町中で生まれて育ったので家に茶室もあり、ときどきお客様をお呼びしての茶会もあった。だから〝お薄(うす)〟（抹茶で点てたお茶のこと）を飲む機会は小さいときから多かった。それでいつのころからか、ちゃんとお茶を飲めるようになりたい、点てられるようになってみたいと思っていた。

お茶をきちんと習い始めたのは中学生のとき。裏千家の偉い教授のお宅に通って習うことになった。

苦痛だったのは長時間の正座。お茶を習うというのは正座による痺れとの戦いと言ってもよい。でも入門したのだから、痺れが我慢できないと言ってやめるわけにはいかない。痺れと戦いながらともあれ、お茶を点ててもよろしいというお免状をいただいた。しばらく遠ざかっていたが、結婚して子どもが大きくなってまた再開、今日にいたる。

さて、なぜ点前を習うのか？　私は利休を尊敬しているからと言えば大袈裟か？　お茶は格式張って面倒と思うこともたびたびある。しかし、利休が生涯を点前の普及にささげたその姿に共感している。

俳優の樹木希林さんがお茶の先生役を演じ、最後の作品になった「日々是好日」。好きで読んでいたエッセイである。痺れを我慢してもやり続けているのは樹木希林さんの遺言かもしれない。

私の師匠の点前の所作の美しさ、美しい茶菓子をさりげなく添えてくださる心づかいにはいつも感心した。

冬になるとうちの庭の地味～な椿をみて茶花の胡蝶侘助（こちょうわびすけ）という名前だということを教えてくださった。茶人の彼女は山口に住むおばあさまの代から裏千家流の茶道をたしなみ、今も三鷹の社中（しゃちゅう）に属し、教授資格をとって、毎月ゼミというお道具や茶道に関するさまざまな研究会で教えている。

彼女の、趣味というにはどこかもっと深いところにいるような、習い事を超えた茶道がにわかに私に近付いてきたのは、利休のことを学び始めてからだ。

◉利休へのあこがれ

千利休（せんのりきゅう）（一五二二～一五九一）は、戦国時代から安土桃山時代にかけての茶人、商人。「利休百首」とは俗に千利休が茶道の精神、点前作法の心得などを初心者にもわかりやすく覚えやすいように歌にまとめて、百首集めたもの……と言われ、「利休道歌」とも呼ばれる。

百首と言っても百首全部書いてある本は少ないので、参考までに百首書いておきたい。

わび茶（草庵の茶）の完成者として知られ、茶聖とも称せられる。また、今井宗久（そうきゅう）

（一五二〇〜一五九一）、津田宗及（?〜一五九一）とともに茶湯の天下三宗匠と称せられ、「利休七哲」に代表される数多くの弟子を抱えた。また、末吉孫左衛門の親族である平野勘平衛利方と親しく交流があった。子孫は茶道の三千家として続いている。千利休は天下人・豊臣秀吉の側近という一面もあり、豊臣秀吉が旧主・織田信長から継承した「御茶湯御政道」の中で、多くの大名にも影響力を持った。しかし、秀吉との関係に不和が生じ始め、最期は彼に突如切腹を命じられた。死に至った真相については諸説あり、未だ定まっていない。

◉利休百首おすすめ五選

その道に入らんと思ふ心こそ我身ながらの師匠なりけれ
稽古とは一より習ひ十を知り十よりかへるもとのその一
ならひつつ見てこそ習へ習はずによしあしいふは愚かなりけり
こころざし深き人にはいくたびもあはれみ深く奥ぞ教ふる
茶の湯とはただ湯をわかし茶をたててのむばかりなる事と知るべし

この中でも私が好きなのは三番目の歌だ。

ほんと、実践しなくて、良し悪し言うのはおろかなこと。評論家にありがちかな態度を戒めたものと言えよう。

ただし、利休百首はすべてが利休自身の作ではないと言う。

また、利休の時代はまだお茶は発酵茶（酸化）で色は茶色であったと言う。無発酵の点茶（てんちゃ）ができるのは江戸時代中期以降で、意外と茶人という方々もご存知ないとか。

点前の流れは大きく分けて五つの段階に分けられる。

一　道具の運び出し
二　道具を清める
三　お茶を点てる
四　しまいつけをする（道具を清め、元通りに片づける）
五　道具を拝見（はいけん）に出す

この流れに沿い道具の清め方や扱い方など、ひとつひとつの作法の意味を理解しながら、お稽古を重ねていくことで自然と美しい所作を体得する。

利休百歌もそのプロセスに沿ってのこころ配りのあり方を書いている。

茶道点前にはさまざまな種類があり、お客様を迎えるにあたり、その方やシチュエーションそして季節に合わせてお道具組みを変える。

「茶の湯とはただ湯をわかし茶をたててのむばかりなる事と知るべし」と心得て痺れとの戦いを続けている。

亭主はお客様のことを想いながら、客は亭主のその思いを感じながら、一服を味わう互いの心を通わせるのが茶の心。

茶道には「一座建立（いちざこんりゅう）」という言葉がある。主客一体となることで、初めて席が成り立つものだからこそ、まずはお客様としてお茶のいただき方をしっかりマスターしたいものだと思う。なんと面倒な、ややこしい作法だろうと思うのもわかるが、春夏秋冬、季節季節にあわせてしつらいを考え、工夫することは、自然の摂理にあったものだと言えよう。

作法の順番を覚えようとすると、苦痛に感じるが、それぞれに利休の理屈がある。その理屈を深く理解しようと思うが、まだまだ道は遠い。

季節にあわせた茶花、茶道具、旬の材料を使った料理やお菓子を作ってお抹茶とともに楽しむ、座の楽しみはそこでかわされる会話の楽しみでもある。
美意識を自然に学べる場なのだろう。正座に耐えるのが七分、いや、八分という私の点前修行だ。とはいえ、ああしんど、痺れがなおらない。いつまでも初心の者である。

利休は「痺れ」をどのように克服したのだろうか？　下世話なはなしながら、お茶というと「痺れ」がすぐに頭に浮かぶ私としては、是非とも知りたいところだ。

＊

最後に、以下利休百首を紹介しておきたい。利休百首はお茶だけに限らず日常に応用できる格言に満ちている。代表的な何作だけ読んで知った気になるより、ここは全体を掲載しておこう。座右の銘ということだ。

利休百首（百首と言うが、百首以上あります）

その道に入らんと思ふ心こそ我身ながらの師匠なりけれ
ならひつゝ見てこそ習へ習はずによしあしいふは愚かなりけり

心ざし深き人にはあはれみ深く奥ぞをしふる
はぢをすて人に物とひ習ふべしこれぞ上手のもとゐなりける
上手にはすきと器用と功積むと此の三つそろふ人ぞよく知る
点前にはよわみを捨てゝたゞ強くされど風俗いやしきを去れ
点前には強みばかりを思ふなよ強きは弱く軽く重かれ
何にても道具扱ふたびごとに取る手は軽く置く手重かれ
何にても置付けかへる手離れは恋しき人に別るゝと知れ
点前こそ薄茶にあれと聞くものを粗相になせし人はあやまり
濃茶には点前を捨てゝ一筋に服の加減と息を散らすな
濃茶には湯加減あつく服はなほ泡なきやうにかたまりもなく
とにかくに服の加減を覚ゆるは濃茶たびたび点てゝよく知れ
余所にては茶を汲みて後茶杓にて茶碗のふちを心して打て
中継は胴を横手にかけて取れ茶杓は直に置くものぞかし
棗には蓋半月に手をかけて茶杓は丸く置くとこそ知れ
薄茶入蒔絵彫もの文字あらば順逆覚えあつかふと知れ
肩衝は中継とまた同じこと底に指をばかけぬとぞ知れ

文琳や茄子丸壷大海は底に指をばかけてこそ持て
大海をあしらふ時は大指を肩にかけるぞ習ひなりける
口広き茶入れの茶をば汲むと言ひ狭き口をばすくふとぞ言う
筒茶碗深き底よりひき上り重ねて内へ手をやらぬもの
乾きたる茶巾使はば湯をすこしこぼし残してあしらふぞよき
炭置くはたとひ習ひに背くとも湯のよくたぎる炭は炭なり
客になり炭つぐならばその度に薫物などはくべぬことなり
炭つがば五徳はさむな十文字縁をきらすな釣合を見よ
焚残る白炭あらば捨て置きて又余の炭を置くものぞかし
炭置くも習ひばかりに拘はりて湯のたぎらざる炭は消え炭
崩れたる其の白炭をとりあげて又焚きそへることはなきなり
風炉の炭見ることはなし見ぬとても見ぬこそなほも見る心なれ
客になり底取るならばいつにても囲炉裏の角を崩しつくすな
客になり風炉のそのうち見る時に灰崩れなん気づかひをせよ
墨蹟をかける時にはたくぼくを末座の方へ大方は引け
絵の物をかける時にはたくぼくを印ある方へ引きおくもよし

絵掛物左右むき向ふむき使ふも床の勝手にぞよる
掛物の釘打つならば大幅より九分下げて打て釘も九分なり
床に又和歌の類をばかけるなら外に歌書をば飾らぬと知れ
外題あるものを余所にて見る時はまず外題をば見せて披けよ
冬の釜囲炉裏縁より六七分高くすゑるぞ習ひなりける
品じなの釜によりての名は多し釜の総名鑵子とぞ言ふ
姥口は囲炉裏ぶちより六七分低くすゑるぞ習ひなりける
置合せ心をつけて見るぞかし袋の織目たたみ目に置け
はこびだて水指置くは横畳二つ割りにてまんなかに置け
茶入また茶筅のかねをよくも知れ跡に残せる道具目当に
水指に手桶出さば手は横に前の蓋とりさきに重ねよ
余所などへ花をおくらばその花は開きすぎしはやらぬものなり
釣瓶こそ手は竪におけ蓋取らば釜に近付方と知るべし
小板にて濃茶を点てば茶巾をば小板のはしに置くものぞかし
喚鐘は大と小とに中々に大と五つの数を打つなり
茶入れより茶を掬ふには心得て初中後すくへそれが秘事なり

湯を汲むは柄杓に心つきの輪のそこねのやうに覚悟して汲め
柄杓にて湯を汲む時の習ひには三つの心得あるものぞかし
湯を汲みて茶碗に入る丶その時の柄杓のねじれは臂よりぞする
柄杓にて白湯と水とを汲む時は汲むと思はじ持つと思はじ
茶を振るは手先をふると思ふなよ臂よりふれよそれが秘事なり
羽箒は風炉に右羽を炉の時は左羽をば使ふとぞ知れ
名物の茶碗出でたる茶の湯には少し心得かはるとぞ知れ
暁は数寄屋のうちも行灯に夜会などには短檠を置け
灯火に油をつがば多くつげ客にあかざる心得と知れ
ともしびに陰と陽との二つあり暁陰に宵は陽なり
古は夜会などには床のうち掛物花はなしとこそきけ
古は名物などの香合へ直にたきもの入れぬとぞきく
炉のうちは炭斗ふくべ柄の火箸陶器香合ねり香と知れ
風炉の時炭斗菜籠にかね火箸ぬり香合に白檀をたけ
蓋置に三つ足あらば一つ足まへに使ふと心得ておけ
二畳台三畳台の水指はまず九つ目に置くが法なり

茶巾をば長み布幅一尺に横は五寸のかね尺と知れ
帛紗をば竪は九寸余よこ幅は八寸八分曲尺にせよ
薄板は床かまちより十七目又は十八十九目に置け
薄板は床の大小また花や花生によりかはるしなじな
花入の折釘打つは地敷居より三尺三寸五分余もあり
花入に大小あらば見合せよかねをはずして打つがかねなり
竹釘は皮目をうへに打つぞかし皮目を下になす事もあり
三つ釘は中の釘より両脇と二つわりなるまんなかに打て
三幅の軸をかけるは中をかけ軸さきをかけ次に軸もと
掛物をかけて置くには壁付を三四分すかしおくこと丶きく
花見より帰りて人に茶の湯せば花鳥の絵も花も置くまじ
時ならず客の来らば点前をば心は草にわざを慎しめ
釣舟はくさりの長さ床により出船入船浮舟と知れ
壷などを床に飾らん心あらば花より上にかざりおくべし
風炉濃茶必ず釜に水さすと一筋に思ふ人はあやまり
右の手を扱ふ時はわが心左のかたにありと知るべし

一点前点つるうちには善悪と有無の心わかちおも知る
なまるとは手つゞき早く又おそく所々のそろはぬをいふ
点前には重きを軽く軽きをば重く扱ふあぢはひを知れ
盆石を飾りし時の掛物に山水などはさしあひと知れ
板床に葉茶壺茶入品々を飾らで飾る法もありけり
床の上に籠花入をおく時は薄板などはしかぬものなり
掛物や花を拝見する時は三尺ほどは座をよけて見よ
稽古とは一より習ひ十を知り十よりかへるもとのその一
茶の湯をば心に染めて眼にかけず耳を潜めてきく事もなし
茶を点てば茶筅に心よくつけて茶碗の底へつよくあたるな
目にも見よ耳にもふれて香を嗅いで事を問ひつゝよく合点せよ
習ひをばちりあくたぞと思へかし書物を反古腰張にせよ
水と湯と茶巾茶筅に箸楊枝柄杓と心あたらしきよし
茶はさびて心はあつくもてなせよ道具はいつも有合にせよ
釜一つあれば茶の湯はなるものを数の道具を持つは愚な
数多くある道具を押しかくし無きがまねする人も愚な

茶の湯には梅寒菊に黄葉み落ち青竹枯木あかつきの霜
茶の湯とは只湯をわかし茶をたて、飲むばかりなる事と知るべし
もとよりもなきいにしへの法なれど今ぞ極る本来の法
規矩作法守りつくして破るとも離る、とても本を忘るな

参りましたー

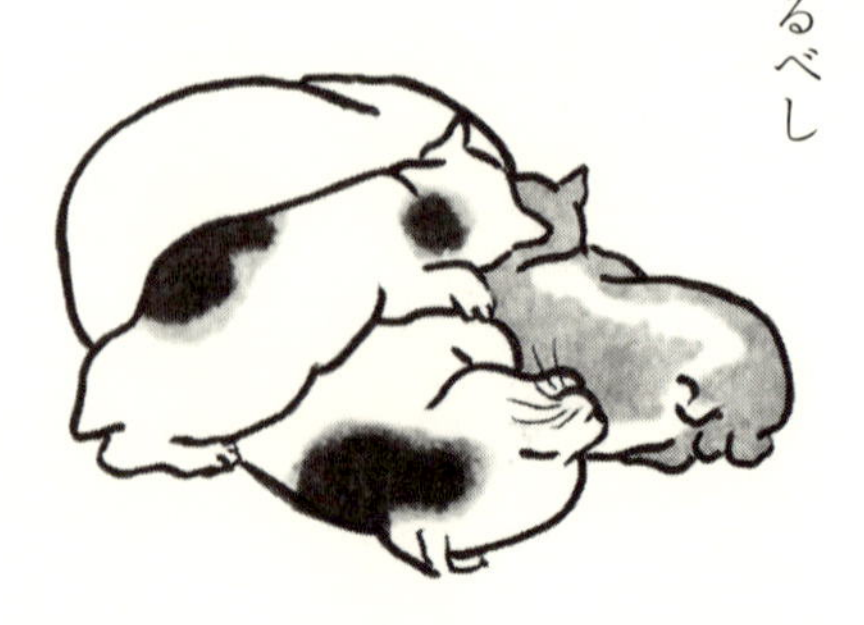

十　石垣浪漫

私は城の石垣に魅かれる。特に石垣だけが残っている城址にロマンを感じる。

『春望(しゅんぼう)』は、唐の時人、杜甫（七一二〜七七〇）が七五七年春に長安で詠んだ五言律詩。最初の「国破れて山河在り」という句でつとに有名で杜甫の代表作である。日本で最もよく知られた漢詩の一つである。

「春望」　杜甫

国破山河在
城春草木深
感時花濺涙
恨別鳥驚心
烽火連三月
家書抵万金
白頭搔更短
渾欲不活簪

「春望」　杜甫

国破れて　山河在り
城春にして　草木深し
時に感じては　花にも涙を濺(そそ)ぎ
別れを恨んでは　鳥にも心を驚かす
烽火(ほうか)　三月に連なり

家書　万金に抵たる
白頭掻けば　更に短く
渾て簪に　勝えざらんと欲す

もう一つは、土井晩翠作詞、滝廉太郎作曲で名高い「荒城の月」。舞台は会津若松城と言われている。七五調の歌詞（今様形式）と西洋音楽のメロディが融合した楽曲で、特に、日本で作曲された初めての西洋音楽の歌曲、日本の歴史的に重要な曲であろう。

「荒城の月」

春高樓の花の宴
巡る盃影さして
千代の松が枝分け出でし
昔の光今いずこ

秋陣営の霜の色

鳴きゆく雁の數見せて
植うる剣に照り沿ひし
昔の光今いずこ

今荒城の夜半の月
変わらぬ光誰がためぞ
垣に残るはただ葛
松に歌うはただ嵐

天上影は変わらねど
栄枯は移る世の姿
映さんとてか今も尚
ああ荒城の夜半の月

こと左様に城址には詩情がある。
私が好きなのは、三重県松坂城の城跡と長野県高遠城の城跡そして金沢城の石垣など。天守閣のあるものでは姫路城の石垣だ。

いずれの石垣も城造りの当時を思いおこさせる。城跡にすわっていると石垣を積んだ職人たちの掛け声が聞こえてくるようだ。

◉野面積み

石垣が造られ始めた頃の手法に、野面積みがある。自然の形のまま石を積み上げていくため、石の間に隙間ができてしまうが、そこには「間詰石」という小石を詰めていくのが一般的な野面積みである。間詰石を入れて隙間を埋めることは、見た目を整えるだけでなく、敵が石垣を登ろうとする際に足場をなくすというためでもある。

間詰石について、もう少し。石垣にできる隙間につめこむ石を間詰石と呼ぶが、現存する石垣では間詰石はあまり見られない。発掘調査の際、大阪城では土に埋もれていた部分には間詰石が見られたため、それに合わせて復元されている。

穴太衆とは、日本の近世初期にあたる織豊時代（安土桃山時代）に活躍した石工の集団。主に寺院や城郭などの石垣施工を行った技術者たちである。石工衆、石垣職人とも呼ぶ。

石垣の技術は、特に石工集団の穴太衆によって発展した。後述する穴太衆の石積みは、近江国（現在の滋賀県）で発展した。

「現存天守」とは、江戸時代までに建てられ、修復されながら現在まで残っている天守のことである。日本全国に、現在一二基しかない。滋賀県の安土城以降、江戸時代までに数百基の天守が建てられたというが、現在はなぜわずか一二基しか残っていないのだろうか？

天守は、まず織田家中で広まり、豊臣政権時代に全国津々浦々に普及した。そして、大規模な大名の配置換えのあった関ヶ原の戦い後は、諸大名が新天地にこぞって城を築いた。これが「慶長の築城ラッシュ」である。すべてに天守があったわけではないが、この時に天守もたくさん誕生した。しかし江戸時代に入ると、徳川幕府の「一国一城令」と「武家諸法度」により一部の例外を除いて、大名の居城となる一城以外の城の破却と城の新築工事の禁止が定められた。この時、全国に三千ほどあった城が一七〇ほどに激減したというから、実に約九五パーセントを失ったことになる。

◉大阪城の石垣

さて、天守のある城の多くでは、石垣の石が大量に使われている。たとえば大阪城は、石垣の総延長がおよそ一二キロ、使われた石材の総数は百万個を超えるそうだ。

石垣は使用する石の材質によっても大きく異なる。比較的加工がしやすい花崗岩や安山岩と、すぐに割れてしまう圭岩（けいがん）、砂岩では、石垣に違いが出てくる。

ではこれほど大量の石をどこから運んで来たのか？

大阪城の石垣には、約百万個の花崗岩が使われていると書いたが、これらの石は、近隣の六甲山、瀬戸内海の島々、そして、大阪から約四二〇キロも離れた九州の採石場から運ばれた。大阪城の石垣の規模の大きさとその精緻で整然とした美しさとは、大名たちが威信をかけ建造した結果である。

◉姫路城の石垣

一方で、城の周囲に石切場跡が残っているケースもある。たとえば、姫路城（兵庫県）の石材は近郊の砥掘山（とぼりやま）や鬢櫛山（びんぐしやま）、別所谷などが産出地だったことがわかっていて、石を切り出した痕跡も残されている。

◉穴太衆（あのうしゅう）

延暦寺の門前町・坂本には、穴太衆と呼ばれる石工集団がいた。穴太衆による石垣は、「石の声を聞け」という口伝（くでん）に象徴されるように、加工しない自然石を巧みに組み合わせる野面積みという技法で石垣を作った。穴太衆が手がけた石垣を「穴太衆積み」と言い、戦国時代には城壁にも用いられた。里坊の町には今も石垣が美しい町の景観を作り出している。

「穴太衆積み」は、野面積みを代表する積み方で、その特徴は①自然石を自然なまま積み上げるために②同じ大きさ、同じ形状、同じ重さの石は存在せず③石面、石目（石の割れやすい方向）、石の上下、石の風化具合などから、書文や形では残せず、口伝のみで受け継がれてきた点である。

石垣はなぜ崩れないのか？　降り注いだ雨水は速やかに裏を通過して底まで流れ落ちる。これによって余分な水を溜め込まず水圧もかからないため、石垣が安定する。現代の石垣やブロック塀などには、丸い排水パイプが付いているが、積み石に適度な隙間があり、裏込がしっかり詰まった城の石垣は、わざわざパイプを設置する必要はない。

石垣に反りをつける。石垣の勾配を急にするほど、石垣は崩れやすくなってしまうが、石垣の下部の勾配を緩やかにすることで全体を安定させ、上部に反りを付けることで、強度と防御力をつけている。

◉打ち込み接ぎ

打ち込み接ぎとは、日本の城の石垣について、積み方で分類したときの種類のひとつである。石垣は土塁の表面を石で固めて強化した防御用の構造物である。中でも、積んでいく主要石の角や面を叩いて平たくし、ある程度整形してから積み上げるやり方を打ち込み接ぎと言う。

*

一番美しい天守閣を持つ城は姫路城だが、造られた経緯から、日本国内で大阪城の石垣が一番の高さを誇る。最も高いのは本丸東面の石垣で約三二メートル。高さでは及ばないものの、大阪城二の丸南外堀の石垣も見ごたえ十分である。

石垣の美しさランキングは一位は萩城（山口県）、日本屈指の石垣。二位は中城城（沖縄県）、ペリー提督も賞賛した青い海を臨む美しき城壁。三位は伊賀上野城（三重県）、未完成ながらも藤堂高虎らしい圧巻の高石垣。四位は甲府城（山梨県）五位は金山城（群馬県）と続く。

そして石垣を愛した俳人と言えば正岡子規だ。子規を尊敬し、石垣愛好家として共感が深まるばかり。最後に子規の残した俳句から幾句か紹介しよう。

大雪や石垣長き淀の城

城あとの石垣高し黍畑

山城の石垣残る茨かな

石垣や何を種とて草の花

十一　温泉道楽

私は温泉が大好きだ。でも、好きな温泉の条件は厳しい（笑）。

一　源泉掛け流し、自然湧出
二　四〇度くらいでゆっくり静かに入れる
三　飲泉ができる

ということになる。

◉温泉とは

火山の下には、地球の深いところから上がってきたマグマがたまっている。マグマからは熱い水や水蒸気、ガスが出ている。それが地中に染み込んだ雨水とまざり、地面に湧いて温泉になる。火山の近くならば、どこからでも湧くものでもない。

温泉法における温泉の定義では「地中からゆう出する温水、鉱水及び水蒸気その他のガス（炭化水素を主成分とする天然ガスを除く）」とされているため、必ずしも温度が高くなくても指定成分が一定の値以上含有している場合は温泉とみなされる。

環境省によると、日本国内には二八九四カ所（二〇二二年三月末現在）の温泉地が存在する。温泉所在自治体は一四四七。源泉数は未利用も含めて二万七九一五カ所に及ぶ。源泉とは温泉が湧き出るみなもとだ。

◉泉質（せんしつ）

温泉地により異なるお湯を楽しむことができる。また、お湯に溶けている含有成分の違いにより、温泉はさまざまな種類に分類することができるのだが、このような温泉の種類のことを「泉質」と言う。この泉質を見ることで、温泉の性格が大半わかる。

泉質には、以下のような項目がある。

泉質の特徴

①泉質名
②特徴
③代表的な温泉地

一①単純温泉
②無色透明無味無臭、お湯が柔らかい
③疲労回復、神経痛、筋肉痛、肩こり

二①二酸化炭素泉
②シュワシュワ気泡が肌を包む、ぬるま湯が多い
③高血圧、動脈硬化、きりきず、やけど

三①炭酸水素塩泉
②美肌、とろとろ
③切り傷、やけど、慢性皮膚病、美肌作用

四①塩化物泉
②湯あたりしにくい
③冷え性、切り傷、やけど、関節痛

右のどの源泉も温度にもよるが、温泉につかる時間は汗ばむ程度にする。できるだけ湯口から離れたところから入り、まずは半身浴。時間は三～五分。汗ばんできたら湯から出て、少し休んでまた入る。入湯は一日三回を限度としたほうが健康的と言われる。

◉温泉の見分け方

まずは施設に必ず掲示されている「温泉分析書」を見ることが大切だ。温泉を加温している場合は、その旨と理由を掲示しているから温泉を見分ける目安になる。温泉に入浴剤や消毒剤などを加えている場合は、混入しているものの名称と混入の理由を掲示することになっている。

◉源泉掛け流しとは、温泉の見分け方は

源泉掛け流しとは、温泉の浴槽への給湯・排水方法の一つで地中から自然に湧き出した自然涌水、掘削した温泉水、地下にある源泉から機械的に汲み上げた温泉を浴槽に直接給湯し、浴槽から溢れ出た湯を再利用することなく排出することである。

よく〝浴槽からお湯が溢れていなければ循環温泉で、溢れていれば源泉かけ流しだ〟という話を聞くが、これはある程度は当たりであるものの、絶対そうだと言うわけではない。循環であっても、同じお湯がいつまでも循環しているのでなく、源泉の温泉を加えられながら循環しているので、浴槽からお湯が溢れる場合がある。

一方、源泉かけ流しであっても浴槽からお湯が溢れない場合がある。それは、お湯を浴槽の下側から捨てている場合だ。温泉は時間の経過とともに冷えるが、冷めると比重が高くなるので、浴槽の下方に沈む。つまり、鮮度の悪い温泉ほど下に溜まりやすいので、浴槽の下から温泉を捨てる方式が理想的なのである。浴槽からお湯が溢れていないために循環温泉と思われがちな温泉が、実は理想的な源泉かけ流しであるかもしれない。

このように、循環温泉と源泉かけ流し温泉を見分ける絶対的な方法はない。それを理解した上で、いくつかの見分け方を書いておく。

◉湯花（ゆのはな）がいっぱい、ちょっと汚く見える浴室は源泉かけ流しか

湯花とは、温泉の不溶性成分が析出・沈殿したもののことだ。循環式の温泉は濾過を行うため、湯花が混じっていないか、少ない場合が多い。湯花が多いと循環でない可能性が高い。しかし、もともと湯花が少ない温泉もある。

また、循環していない温泉は温泉成分の純度が高く成分がほぼ源泉のままであるために、浴槽などに温泉成分が付着して石化していたり、変色していたりする。特に温泉が出ている「湯口」には温泉成分が付着していることが多い。

つまり、源泉かけ流し温泉は〝汚く見える〟ことがある。ただし、汚く見えるだけで、浴槽の変色や湯花は効能成分を多く含む証であり、〝汚れ〟ではないので、間違いのないように。

◉湯口の温泉と浴槽の温度の差がなければ循環式か

湯口から注がれた温泉が浴槽に溜まるまでには確実に温度が下がる。したがって湯口の温泉の温度と浴槽の温度が同じということは、浴槽内で温泉が加温循環しているとしか考えられない。

湯量や浴槽の大きさによるが、目安として、本来は湯口の温泉と浴槽の温泉の温度差は五度以上あることが必要だ。

浴槽の温泉の温度が最も気持ちの良いと言われる四二度程度なら、湯口の温泉に手を触れると「あつー！」と感じるはずだ。

◉お湯が塩素臭い

循環装置があると、そこに繁殖するレジオネラ菌などの対策等をするために、殺菌をしなければならない。その殺菌方法の代表的なものが塩素投入だ。

浴槽内にお湯が噴出している箇所や強く湯を吸っている場所があると循環式である可能性が高い。浴槽から溢れる温泉を循環させ、湯口から再注入する循環装置もあるので源泉掛け流しと書いてあっても注意が必要だ。

◉掲示を見るとわかる！

実は源泉掛け流しかどうかを簡単に見分ける方法がある。それは、脱衣場などに掲げてある説明を読むことだ。

温泉法の一部改正により、二〇〇五（平成一七）年五月二四日より、「加水」「加温」「循環」「殺菌剤、入浴剤などの混入」をしている場合はその旨と理由を掲示しないといけないことになったからだ。食品同様、温泉も効能も含め、説明をよく読むことが大切だ。

◉温泉にいきたくなる小説

さて、かつて文豪たちは、お気に入りの温泉街に逗留し数々の作品を生み出した。風光明媚な情景、世俗から離れた静けさを持つ温泉街は、彼らの創造性を大いに刺激したことだろう。そんな温泉街を舞台に描かれた代表的な小説を紹介しておこう。情緒ゆたかな街並みや温泉地ならではの触れ合いが、現代社会に暮らす私たちの心もそっと温めてくれるのではないだろうか。

『城之崎にて』　志賀直哉

明治から昭和にかけて活動した文豪・志賀直哉（一八八三〜一九七一）の私小説で、タイトルにある通り兵庫県にある「城崎温泉」を舞台にした小説。山手線に跳ね飛ばされた主人公は、傷を癒すため城崎温泉に湯治にやってくる。普段忘れがちな「生の奇跡」を城崎の自然を通して再確認する様子が、みずみずしい風景描写で描かれている。

『坂の上の雲』　司馬遼太郎

歴史小説の大家である司馬遼太郎（一九二三〜一九九六）の、全八巻に渡る長編歴史小説。道後温泉にほど近い愛媛県・松山出身の三人の男たちが、激動の明治を生き抜いていく様子を丁寧に描く。中でも、故郷の風景をうたい評価された正岡子規をフォーカスした章では、当時の道後温泉界隈の人情や風情が生き生きと伝わってくる。

『初恋温泉』　吉田修一

人間模様を描く名手・吉田修一（一九六八〜）の連作短編集で、温泉と恋愛を主題とした五つの物語が楽しめる。熟年夫婦から高校生まで多彩なカップルの恋を描いた本作では、温泉という非日常の空間が相手の心に触れるきっかけとなっている。温泉の温もりが恋しくなるような、胸にじんわりと広がる読後感がある。

『温泉の神様の失敗 SWEET BLACK STORY』　舘浦海豹（たてうらあざらし）（一九六三〜）

奇妙な厄介ごとを抱える人々と温泉を愛する悪魔、彼を目の敵にする天使が北海道に実在する温泉地を巡ってクロスオーバーし、笑いと感動を与えてくれる群像劇。著者は地元温泉誌の編集長。現地の魅力がたっぷり盛り込まれ、温泉ガイドとしても情報量十分だ。本書を片手に、物語の舞台を巡ってみたくなる一冊。

『窓の魚』 西加奈子（一九七七〜）

温泉旅行の一夜に起こった殺人事件をきっかけに、二組のカップルが抱える秘密が露わになっていくさまを描いた小説。登場人物の心理描写と温泉街の風景が絶妙にリンクし、まるで映画を見ているかのような感覚を覚える。実際に温泉を訪れて登場人物たちの心にさらに迫ってみたいと思わせる。

最後に私が好きな温泉ベスト5を挙げておこう。

- 北海道　糠平温泉　なかむらや
- 青森県　八幡平山頂　ふけの湯温泉
- 青森県　乳頭温泉　妙の湯
- 福島県　甲子温泉　旅館大黒屋
- 大分県　長湯温泉　ラムネ温泉

まだまだあるが、上記五つは実は教えたくないところでもある。

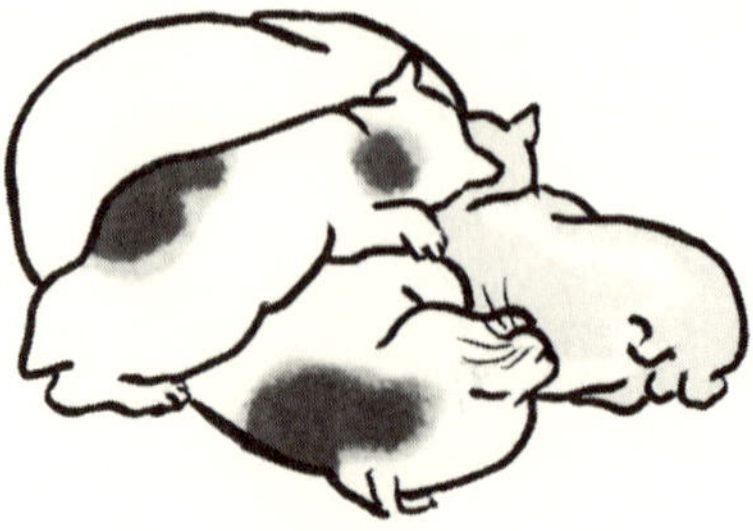

十二　山という風景を守る

日本に住んでいると、山は家の窓からも車窓からも眺められるきわめて日常的な風景である。しかし、砂漠の国にいかなくても、一歩外国にいってみると、山はほとんど見えないのが通例だ。私は京都の御所のすぐ近くに生まれ育ったので、比叡山、愛宕山、東山の峰々が窓をあけると眺めることができ、山は近いところにあった。

東京にきて、窓をあけても、山がほとんど見えないので一瞬方向感覚を失なってしまうような気がする。

◉山とは

本来、森林は「もり」ではなく「やま」と呼ぶ、ともの本にある。森林という字は森と林からできている。では、森とはなにか？　また、林とはなんだろうか？

どちらも木がたくさん生えているところ。でも、字の形を見ても、森の方が林よりもたくさん木がありそう。日本では、お正月などの特別な日に神社にお参りする。多くの神社は、太くて高い木に囲まれた中にある。このような「こんもり」と大きな木がたくさん集まっているところなので、「もり」と呼んでいたとのこと。

◉自然林と人工林

また、このような森には自然林と人工林がある。自然林の森には多くの種類の植物や動物が生きており、ゆったりした生き物の世界と循環がある。

また人が植えたスギやヒノキが育っているような場所もまた林で、人工林である。木を人の手で「はやし」ている場所が人工林なのだ。

このような森や林が広がっている場所をいっしょにして「森林」と呼ぶ。

◉里山（さとやま）と奥山（おくやま）

さて、昔話の「桃太郎」は、おじいさんは山へ「しば」刈りに、で始まる、「しば」は漢字で「柴」と書く。「しば」はご飯を炊いたり、お風呂を沸かしたりするときの「たき木」になる細い木のこと。昔はガスや電気はなかったので町の人も田舎の人も、みんな「しば」を自分で取ってきたり、買ってきたりして、家で燃やしていた。桃太郎のおじいさんが「しば」刈りにいった家の近くの山は、里山と言う。

里山には「しば」や炭にするためのナラの木が多く、また草がたくさん生えた場所もひろがっていた。また草は刈って田んぼの肥料にしたり、牛や馬の餌にしたり、家の屋根を葺くのに使ったりするため、大切に守られてきた。

また、山奥の大木がたくさんあるような森は、里山ではなくて「奥山（おくやま）」と呼ぶ。奥山は、里山のように毎日いくようなところではなく、山の神様や、亡くなった祖先たちが住んでいる神聖な場所とも考えられていた。クマやシカなどを捕る猟師、きこり、炭焼きなど、山で働く人たちにとっての山の神は、山の恵みをくださる大事な神様だった。

さて、山を守るには人の手を入れる必要がある。

◉林業と山師の仕事・山仕事

「林業」とは、どんな仕事か、ご存知だろうか？

森林を適切な管理で木材資源を生産しながら、健全な森林を守る仕事である。先人の残してくれた森林を未来に届けるために、今、森林で働く技能を有した担い手を必要としている。

伐採以外にも山の整備や保全のためにさまざまなことを行う。所属する組合などによって多少異なるが、上記を一括りにして「林業」と呼んでいる。山を健全な状態に保つことで、水源を守り、土砂災害を防止してくれている仕事だ。

樹木が生長し密集するとお互いの生育を妨げ、さらに日光が遮られるため下草が繁茂せず、土壌が流出し森林が荒廃する。これを防止するために、混み具合に応じて一部の木を伐採して、成長促進と光環境を改善する重要な作業である。

「山仕事」とは、山林や山岳地帯で行われるさまざまな作業や仕事のことを指す。山仕事には、農業や林業、観光業、登山ガイドなど、さまざまな分野が含まれる。以下に、山仕事の代表的な例や内容をいくつか紹介する。

一　林業：山林での木材の伐採、植林、林道整備、間伐作業などを林業の一環として行う。山仕事として、木材の生産や森林の環境保全に携わる人々が従事している。

二　農業：山間地域での農業も実は山仕事の一つである。山腹や谷間に作付けを行い、山菜や山野草、特産品の栽培などが行われる。

三　登山ガイド：山岳地帯での登山やトレッキングにおいて、登山ガイドとして案内やサポートを行うのも山仕事である。山仕事として、安全な山行を提供するガイドとして活躍する。

四　自然保護活動：山岳地域には貴重な自然が豊かに存在しており、その保護や環境保全活動も山仕事の一環だ。生態系の保護や環境問題に取り組む活動家や研究者がいる。水源の保全や見守りも大事な仕事だ。

五　山小屋の管理：山岳地帯には山小屋や避難小屋があり、その管理や運営を行うスタッフがいるが、山小屋の運営や登山者へのサービス提供が山仕事の一つだ。

山仕事は、山の自然環境を守ることや地域社会に密接に関わる重要な活動であり、山林や山岳地帯の豊かな資源や魅力を守り育てるために行われている。

◉山を管理するということ

山を管理しないとどうなるか。日本の山は、木を伐採しないと死んでしまう。戦前戦後は、山の木に資産価値があったが、資産としての価値がなくなってしまうと、山は放置される。そして山が放置されると、木に資産価値がなくなってしまうのだ。

◉森林破壊の現状

森林破壊の現状を見てみよう。

世界の森林減少率（一九九〇〜二〇二〇年）

- 森林率　約一・四％
- 森林面積　約一億七七五〇ヘクタール

森林率を見てみると一九九〇年から二〇二〇年までに一・四パーセント減少している。あまり多くないと思われるかもしれないが、森林面積は毎年平均五九二万ヘクタールが失われている。これは一分間に東京ドーム約二・四個分の森林が失われていることを意味している。

日本の森林減少率（一九九〇〜二〇二〇年）
- 森林率　　約六六・〇％
- 森林面積　約一一万ヘクタール

日本は、六六・〇％の森林率をキープしている。

森林破壊は起こっていないと思われるかもしれないが、日本は国産木材ではなく、外国産木材を低価格で輸入しているので、間接的な森林破壊に加担していると言える。

◉森林破壊による地球環境の影響

森林が減少すると、大気汚染が起こり、大気汚染が進行すると地球温暖化が進む。

森林には、有害な汚染ガスを吸収して無害化し、ほこりなどを葉が吸着し大気を浄化する機能がある。

光化学スモッグの原因となる物質（オキシダント）は、葉の表面に触れるだけで分解が進む。光合成能力が低下した、汚れた葉でも大気浄化の機能は低下しない。

大気を浄化している森林が減少し続けると、大気中に大量の汚染物質が漂い、酸性雨が増加して、土や水が汚染される。そして、草木が枯れ、生態系にも大きな悪影響を及ぼす。

水源の保全、保護は山の自然を守る不可欠な仕事だ。

◉地球温暖化

森林は、大気中にある二酸化炭素を減らす役割を担っている。二酸化炭素で大気が汚染されると、地球温暖化は急速に加速し、気流や雨量の気候変動を引き起こす。森林によって、雨水が濾過されて水質が守られているが、その反対に、森林がなくなると水質が守られなくなる。

現在地球上の森林面積は、陸地の面積の約三割を占めており、森林には全生物の五～九割が生息していると言われている。森林伐採と森林破壊が同時進行していくと、それに比例するように減少または絶滅する生物が増えていく。また、森を住処（すみか）とする動物だけでなく、寒い地域に住む動物にも悪影響がある。森林がなくなり温暖化が進行すれば、南極の氷が今以上に溶けてしまい、シロクマやペンギンなどの南極の生き物のエサや住処がなくなってしまう。

◉森林破壊の現状に対する取り組み

上記のような事態を避けるために世界で行われているのは、持続可能な開発目標であるＳＤＧｓ「陸の豊かさも守ろう」という項目だ。

違法伐採に対しては、衛星観測データを用いて違法な伐採が行われていないか森林を監視したり、各国で罰則を設けたりしているそうだ。

また、地域住民が森林管理を行って、得られた利益を携わった住民で分配する管理方法「コミュニティフォレストリー」によって、森林を守る対策をとっている。

違法伐採への対策のひとつとして、日本はインドと連携をし、衛星データを活用することで伐採状況の把握、木材の調達から破棄までの追跡が可能な技術開発を行っている。

また、日本政府は二〇〇一年四月に「グリーン購入法」、二〇一七年に「グリーンウッド法」を施行した。

グリーン購入法とは、製品やサービスを購入する際に、公的機関が率先して環境への負担の少ない商品を選んで購入するための法律。グリーンウッド法とは、伐採国で合法に伐採された木材の流通を促進することで、木材の違法伐採を抑制するための法律だ。

ほかにも、荒れ果ててしまった山を修復する治山技術や海岸砂丘林の技術を他国に伝えて技術支援をし、森林環境の改善に貢献している。

個人の取り組みとしては、森林認証マークがついた製品を購入するなどがある。森林認証とは、森林が適切に管理されていることを第三者機関が認証し、その森林から伐採された木材や木材製品に認証マークをつける制度である。これは、違法伐採の木材かどうかを見分ける方法だ。

森林認証には以下の三つがある。

①FSC認証（森林管理協議会）
②PEFC認証（PEFC森林認証プログラム）
③SGEC認証（緑の循環認証会議）

木材製品などを購入する際は、認証マークがついたものを選ぶように心がけたいものだ。

◉地域でのとりくみ　小澤順一郎会長に訊く

東京一の山持ちの澤乃井酒造、小澤順一郎さんに山を守ることについて伺った。小澤さんは一般社団法人東京都森林組合会長の要職にある。

——山が注目されています。

「環境的な意味から、山は最近にわかに注目を浴びてまいりました。東京都では多摩産材でなければ公共工事は駄目、一般でも使うと補助金が出ます。使わないと伐れないですから」

「山は畑と同じなので伐採、植林を繰り返すことで未来に続いていきます。都もそれをわかっており、行政も支援するからやってくださいという感じですね」

小澤さんは、奥多摩に二百町歩（二百ヘクタール）の広大な森林を所有している。二百町歩とはどれくらいだろうか。よく使われるのは東京ドームとの比較だ。東京ドームの大きさは、建物全体で約四・六八ヘクタール、グラウンドだけなら約一・三ヘクタール。だから百ヘクタールは、

$100 \div 4.68 \doteqdot 21.37$

ということで、二百ヘクタールは東京ドーム約四二個分ということになる。

ちなみに、百ヘクタールだと、東京ディズニーランド+東京ディズニーシーの方がわかりやすいかもしれない。東京ディズニーランドは約五一ヘクタール、東京ディズニーシーは約四九ヘクタール、合わせると百ヘクタールぐらいだ。

「東京都は山のオーナーが山を管理するために本気で山を守ろうとしている」と小澤さんはいう。都は森林組合を通して山の所有者の伐採、植林、育林のサポートをしており、都の予算は環境予算から出ている部分も多いからとのこと。

東京府はいまから一三〇年前に多摩川水系の水を、東京都のものにするために、多摩川に沿った土地を東京都とした。水道水の確保のためだ。多摩川の水質、水量の維持管理は、東京都にとって非常に重要な仕事であり、他県と関わることなくそれをできるようにしたということだ。先見の明があったと言えるだろう。

小澤さんは酒蔵の当主になるときに林業の経営を学びなさいと父親から申し渡されたという。

林業がうまくいかないと、山は放置され、荒れる。健全な林業の経営なくして山は守れない、と言われた。山を守れないと、酒蔵にとって大切な水もまた守れないというわけである。

山は個人の資産なので、行政は方向性を示し、それに沿ったサポートをしていく形になる。

「自分の理想の山林をめざすと、それは自然に環境的に良い山になっていきます。利益をだしながら環境にも貢献する意識を持つのがこれからの林業でしょう」と小澤さんは語る。

◉山主（やまぬし）とは？

山主とはどんな人だろう？　昔は材木が高値で売れたから、広大な森林の所有者は大富豪だった。

一雨降るごとに木が太って財産が増える、そんな表現をした山林王もいた。しかし今は木材の価格が下がり、先祖からまとまった面積の森林を受け継いだ人たちも維持するのに四苦八苦している。知人のある林業家は十数ヘクタールの土地持ちだけれど、一カ所にまとまっているのは大きくても一ヘクタール、ほかは数十筆に分かれている。

先祖は台風や山火事、虫や病気で全滅するのを恐れ、所有地を細かく分散させたのだろう。

新たに道をつけたくてもそこは他人の土地、所有者がわからないことも多い。ましてや日本の森林所有者の七割は一ヘクタール未満の土地しか持っていない。大した価値もなく、土地登記の義務もなかったから長い間、放置され、持ち主どころか境界もわからなくなっている。

マンション建て替えの是非で揉めることが多いように、区分所有には後になって出てくる問題を先送りにする性質が潜んでいる。山は誰のものか、どうすれば森林を富として次世代に渡せるのか、人口の減少はそれを考え、変化を起こす契機でもある。

◉入会地（いりあいち）

それに対して入会地（いりあいち）とは、村や部落などの村落共同体が保有する、または共同利用が認められた土地で用材、飼料用の落葉を採取した山林である、入会地は、まぐさをとるところや、屋根のカヤなどを採取し原野、川原である、草刈場の二種類に大別される。

なお、日本以外の諸国においても、林野を共同利用する類似のコモンズ、ローカルコモンズ（地域コモンズ）がある。

東京都は財政力があるので、山主がその気になれば山の維持管理は可能だ。しかし、東京都以外のほかの県ではそうはいかない。

◉車窓からよくみる風景

日本の美しい風景の多くは山によって形成されている。山を守る仕組みは東京都のような、予算のたっぷりある巨大自治体では可能だが、ほかの地域ではなかなかに難しい課題だ。

東京都の場合は、多摩川の管理の為の山林の管理という面がある。東京都は百パーセント自分の土地を流れ、百パーセント自分の水になることから、お金をかける意味があると言えよう。

山の管理といっても林業に携わる人は、森林の有する多面的な機能を発揮するために必要な森林の整備等を担っている。主に山村において林業に従事する人々である。

国勢調査（総務省）によると、林業従事者の数は長期的に減少傾向で推移しており、二〇二〇年には四万四千人となっている。

また、林業の高齢化率（六五歳以上の割合）は、二〇二〇年は二五パーセントで、全産業平均の一五%に比べ高い水準にある。

一方で、若年者率(三五歳未満の割合)をみると、全産業が減少傾向にあるのに対し、林業では一九九〇年以降増加傾向で推移し、二〇二〇年には一七パーセントとなっている。これは林業を志す若者が増えていることを示しているのだろうか? それなら朗報だ。

東京都の目的は、山林循環システムの構築である。常に山が生き生きと回転していく形を作りたいということだという。昔はそれでも利益が出たので、自然とできていたが、現在は利益が出ず、停滞してしまっているのである。

「そこで都は健全な山を維持するために補助金で回そうとしている。昔からこのシステムはあって、造林補助金、間伐補助金などで申請すれば七〇パーセントくらいが補助されています」

現在も同じだが、花粉対策事業と名前が変わり補助金の質も変わっている。昔からのシステムが残っていれば、山の管理にももっと税金が使えることになる。

やっていることは同じだが、目的が変わり、お金の出所も変わる。

補助金というがこの範囲でやれば百パーセントという意味で、やりたい手入れをすればすべて賄えるというわけではない。

補助金を、小澤さんたちは林業経営の助けと考えている。が、行政との付き合い方は慎重にやっていく必要があると思うという。

小澤さんのお話を伺い、林業の抱える問題に深く触れることができた。そこに山があるからではなく、山を守る人々がいるから山があるということである。

間伐されて山に日が入り、下草が育ち循環型生態系が生まれる。木々は枝打ちがかなり高所までされて伸びがいい。「樹齢六〇年くらいかな。八〇～百年くらいにしたいですね」と小澤さんは山をみながら語ってくれた。

＊

私の母方の、祖父は紀州。畑や田んぼもあれば五つくらいの山もあった。小さい頃よく山仕事の見回りに祖父についていった。木を切り出している現場は危ないからと言われたが、ナタで木の根っこの上の方に切り込みを入れ、斧でえいや！と声をかけて倒すと、木は狙ったところに倒れる。すごいもんだなあと感心しながら山のおっちゃんたちの話を聞くのが、大好きだった。

食べられるキノコと毒キノコの、見分け方も教えてもらった。話し込んで昼になり握り飯を分けてもらったこともある。少し大きくなると下草刈りをやらせてもらった。

枝打ちを申し出たけど、あぶないからと却下された。木になわをまきつけてスルスル登っていって枝打ちをする姿は、まるで忍者のようでカッコよかった。

山の湧き水がなによりのご馳走だったこと。あの冷たくまろやかな味をいまも舌が覚えている。

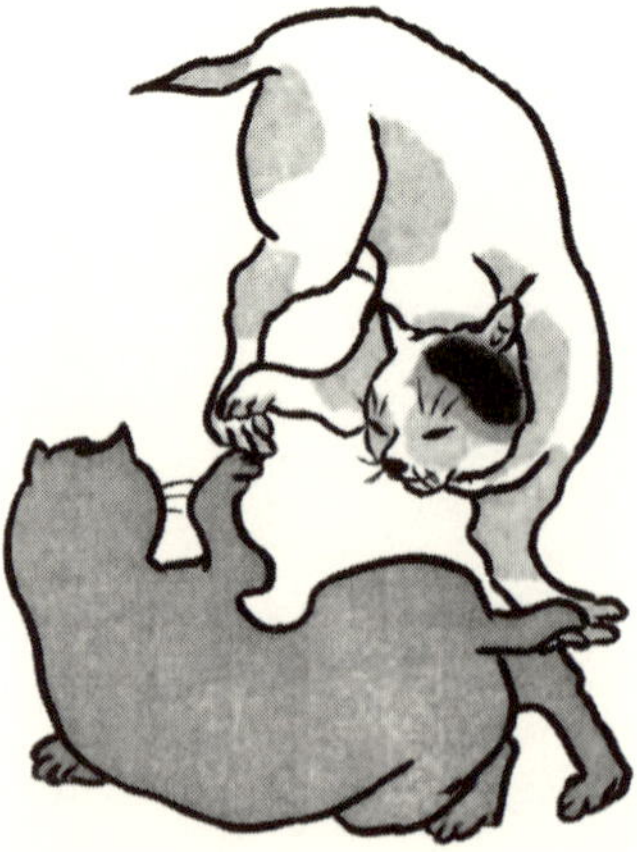

おわりに

金平糖(こんぺいとう)の作り方は興味深い。

◉実は深い、金平糖の作り方

甘くておいしくてかわいい、金平糖。食べると幸せな気持ちになるお菓子ですよね？　ところで、みなさんはそんな金平糖の作り方をご存知ですか？　お砂糖を固めただけかな？　と思う方もいらっしゃるかもしれません。実は金平糖を作るには、職人さんの高い技術と、とても手間ひまのかかる工程が必要とされる。

金平糖はもともと、戦国時代にポルトガルから伝わったと言われている。一五六九年、キリスト教の宣教師だったルイス・フロイスが織田信長に謁見する際、金平糖が献上されたという記録がある。

当時は大変貴重なものとして扱われ、製法は秘密にされていたそうだ。江戸時代に入ると庶民の間にも広まり、おもに贈答用の高級菓子として用いられた。

金平糖の語源は、ポルトガル語で「砂糖菓子」を意味する単語「confeito（コンフェイト）」がだんだんなまって「こんぺいとう」と呼ばれるようになったという説が有力だ。「金平糖」という漢字は当て字で、ほかにも「金米糖」や「金餅糖」という漢字を使ったり、「糖花」と呼ばれることもある。

大阪の砂糖商、村上辰三郎が考案した「金米糖製造器」により、金平糖の量産化が可能となった。現在でも大阪や京都で生産されている。

金平糖のメーカーは、年々減っているそうだ。金平糖を作る環境はとても暑くて過酷。そして金平糖を作る職人になるための長く厳しい修行に耐えられる若い人が少なくなってきているという状況がある。江戸時代からずっと続いている、伝統的なお菓子の金平糖、いつまでも作り続けてほしいと願うばかり。

直径一・五センチの金平糖を造るのに二週間（一四日間）という日数がかかり、一日に平均一ミリしか成長しないという、製造に大変手間のかかるお菓子だ。一釜の仕上がり量は単色百キロとなるのだが、普通サイズの金平糖は一粒が約一グラムなので、一釜で約一〇万粒ができ上がる。

◉金平糖の作りかた

①グラニュー糖一五〇グラムと水一〇〇ミリリットルを合わせてレンジで三〇秒〜一分ぐらいチン（溶けなければさらにチン）し、蜜を作る。

砂糖は二百グラムでも問題ない。水と砂糖一：一では、金平糖の角が上手く出ないので砂糖多めが大切。

②ザラメを細かく砕きフライパンの隅へ寄せておく。超弱火にかけフライパンの真ん中に①の蜜を少量乗せる。

③蜜がふつふつと泡立ってきたら、火から離しザラメと絡める。横にタオルなどを置いておくと便利。

④竹串を熊手の様に持ち②を優しく左右に滑らせるを繰り返す。最初の数回はザラメ同士がくっつくので、竹串で離しながら。滑らせながらフライパンが多少冷えていく過程で、蜜がコーティングされて金平糖の角が生まれていく。

⑤ある程度フライパンが冷えたら（表面が白くなってくるのが目安）②③④をひたすら繰り返す。（目安は二時間）

⑥次第に金平糖の角が生まれお好みの大きさになれば着色。気にならない人は食紅でOK。余った密に食紅を垂らし色付き密を作る。市販の色のついたジュースでも着色できるが、水分が多くふにゃふにゃになるのでお勧めはしない。

⑦着色も②③④の手順と同じ、蜜を入れすぎないよう注意。これまでの過程の蜜の半分ぐらいと少なくし、色付き具合を確かめながら着色する。

私は金平糖を年に一回か二回無性に食べたくなる。
時間をかけた手作りのお菓子が欲しくなる。

◉金平糖な星の形

このエッセイ集には十二の話をいれた。十二個の金平糖をちりばめた。どこから読んでもどのように読んでも、十二の金平糖の位置はどんどん変えても自由だ。

私のものの見方、価値観、新しきことへの取り組み方にはこの十二の金平糖の星がかかわっているように思う。

二週間という時間をかけて作っても舐めてしまえばなくなるのも潔い。
生まれ育った京都の話が多いのはそれに大きな影響をうけているからだろう。
いろんな色の金平糖をパッと散りばめたように感じていただければ幸いだ。
挿絵は江戸時代の浮世絵師、歌川国芳の「猫」より

二〇二五年　三月

世古一穂

世古一穂（せこ・かずほ）

元金沢大学教授、特定非営利活動法人NPO研修・情報センター代表理事、みなと気仙沼大使、酒蔵環境研究会代表、コミュニティ・レストランネットワーク代表。
【経歴】……京都市生まれ。神戸大学文学部哲学科（社会学専攻）卒業。大阪大学大学院工学研究科博士課程後期終了（社会学、環境工学専攻）。シンクタンク主任研究員を経て、金沢大学教授。1995年からNPO法づくりのための「市民活動制度連絡会」の世話人として活動を続け、1998年に成立した特定非営利活動促進法（NPO法）づくりに尽力した。大学教授と並行して人材養成を専門とする、「NPO研修・情報センター」を1997年11月に国分寺市に開設。代表理事として現在に至る。コミュニティ・レストラン＝地域食堂プロジェクトをたちあげ、全国で食を核にしたまちづくりを実践している。公職として現在、ユネスコ自然遺産選定委員、社会実験推進委員会委員（国土交通省）、ほか。
【おもな著作】……単著としては『市民参加のデザイン』（ぎょうせい、1999年）、『協働のデザイン』（学芸出版社、2001年）、『参加と協働のデザイン』（学芸出版社、2009年）。共著としては『マスメディア再生への戦略』（明石書店、2009年）、『協働コーディネーター』（ぎょうせい、2007年）、『コミュニティ・レストラン』（日本評論社、2010年）、『酒蔵最前線 日本酒、米づくりから始める』（七つ森書館、2018年）、『広がる食卓〜コミュニティ・レストラン』（梨の木舎、2019年）、『挑戦する酒蔵』（農文協、2007年）ほか。

教養と道楽の間（はざま）

二〇二五年四月一八日　第一版第一刷発行

著者　世古一穂
発行　有限会社 唯学書房
〒一一三-〇〇三三
東京都文京区本郷一-二八-三六
鳳明ビル一〇二A
電話：　〇三-六八〇一-六七七二
ファクス：　〇三-六八〇一-六二一〇
Eメール：yuigaku@atlas.plala.or.jp
発売　有限会社 アジール・プロダクション
ブックデザイン　平澤智正
印刷・製本　モリモト印刷株式会社

ISBN978-4-908407-44-4 C0095